漂木

◉洛夫／著

聯合文叢 582

45

鑰匙試過所有的家門巨宅
就是找不到一個合身的鎖孔
拔出來自然容易
而再要插回去——
鎖孔已然鏽死，而且

46

裡面早已無人。不住於相
有沒有鎖孔並不重要，我們
何需找回什麼因為並沒有什麼失落

除了風中的明天
除了從牆上相框裡走失的童年

47

其實我是一個寬容的鎖孔
甘於對任何鑰匙開放
請輕輕插入，徐徐推進
不要怕觸及那深晦的內心
我的貞潔也在裡面，藏得更深

48

百代過客，有沒有住居的？

一個腳印消滅了另一個腳印
角躲在我們體內的蛀蟲
開始向是魂一節節鑽進
個織蠢動

49

李白三千丈的白髮
已漸漸還原為等長的情愁
時鐘走了很遠
到達，永恆的距離

卻未見縮短

50

好累啊
秒針追逐分針
分針追逐時間
時間追逐一個巨大的寂滅
半夜，一隻老鼠踢翻了堂屋的油燈

51

我一氣之下把時鐘拆成一堆零件

血肉模糊，一股時間的腥味
罐！你可曾聽到
皮膚底下仍響着
零星的滴答

52

於是我再狠狠踩上幾腳

不動了，好像真的死了
一隻蒼鷹在上空盤旋
而時間俯身向我，
且驟進我的骨頭裡繼續滴答，滴答……

抄錄自《漂木》第二章〈瓶中書札〉
之三〈致時間〉。二〇一四年十月寫於台北。

洛夫

漂木

贈

吾妻瓊芳

目次

序

意象「離心」的向心力

——論洛夫的長詩《漂木》

簡政珍

步入二十一世紀，洛夫給詩壇帶來驚喜——他完成了一首約三千行的詩！當然，詩的成就，不能以量計。若是純粹以詩行的量來計算，三〇年代的朱湘及當代大陸某些詩人也有類似的作品。但朱湘這些人的長詩，大都以詩來說故事，而缺乏詩的意象性所顯現的詩質。西方古希臘的時代，荷馬的史詩，即是故事的敘述超越意象和抒情。二十世紀艾略特早期的詩，詩質濃密。但晚期的〈四首四重奏〉已流於抽象理念的傳輸。洛夫的可貴在於在這麼長的詩裡，詩行的流轉，仍然保持意象思維，而非抽象論述。

詩和哲學交相辯證，來探討錯綜複雜的人生。沒有哲學的深度，詩容易流於皮相膚淺。但要表現深度，文字又時常受到抽象論述的誘惑，而墜入詩行自我構築的陷阱。詩人要在這麼長的詩裡，純以意象來觀照世界，需要非凡的想像力。洛夫這首長詩，無疑推翻了那些認為步入高齡即無法寫作的論斷。其實，長詩的寫作是檢驗詩人成就的指標。洛夫這首詩是想像力的典範。觀之當代寫詩的情境，時下流行短詩創作，若是和這一首詩相對照，很多詩人終其一生的作品，仍然還在造句的階段。很多詩人大都只有詩句，難得有詩篇，更何況是意象繽紛的詩篇。

I

以詩的縱貫書寫觀察，這首詩分為四章，其中第三章〈浮瓶中的書札〉又分為四部分。整體說來，第一章的〈漂木〉，第四章的〈向廢墟致敬〉及第三章的「致詩人」及「致時間」最能展現雄渾而帶有諧趣的意象，也最能刻畫深邃弔詭的人生。

第一章〈漂木〉是一塊木頭的「一種／形而上的漂泊」，它歷經時空，更重要的是，它從此岸到彼岸，穿透深入兩岸的現實。洛夫雖然觸及當代時空的詩作比他同一輩的詩人要多一些，但和他自己的詩比較，這類詩的比例不算高。但在這一章裡，洛夫對現實的敏感，透過意象思維，造就了一些撼人的意象，如：「颱風。頑固的癬瘡／選舉。牆上沾滿了帶菌的口水／國會的拳頭。烏鴉從瞌睡中驚起／兩國論。淡水的落日」。有時意象讓讀者啼笑皆非：「綠燈戶送客。最短期的政黨輪替」。時空的距離，卻使身在加拿大的洛夫觸摸到已遍體鱗傷的台灣。本章有關現實的意象，有歷歷在目的臨即感。

第二章〈鮭，垂死的逼視〉的文字帶有較強的敘述性，描寫加拿大鮭魚回流產卵的歷程。和第一章比較，意象的譜成，節奏比較和緩。當然有時以鮭魚的眼光，反諷人世，觀點的跳躍，引人深思。如：「我們從不追問／裝在骨灰甕裡粉狀的東西／是變質的碳水化合物／或是涅槃」。

第三章〈浮瓶中的書札〉分四部分：「之一：致母親」，「之二：致詩人」，「之三：致時間」，「之四：致諸神」。「致母親」以懷念在大陸已過世的母親為主。母親已死，詩不免以意象思考生死和所謂的永生。

「致詩人」反諷了一些詩人，甚至自我解嘲。詩人這時以另一個自我，質疑詩人的存有。其中「以詩論詩」討論了西方幾個詩人，如里爾克、梵樂希、馬拉美等。詩行也諷刺了當代流行的一些詩潮，有些詩人無時無刻都在追隨新的主義。

自古以來，詩人最常對話的對象，就是時間。「致時間」這一節順理成章地成為本詩的力作。在玄學及哲學的基礎上，意象有力地遊走於時間與歷史。詩的結尾試圖以各種手段或是方法來阻止時間的行進。但時間「躲進我的骨頭裡繼續滴答，滴答」。

「致諸神」以質疑「神在那裡」及「神無所不在」兩種思維的糾結，來推展敘述。當然，所有的敘述仍然是意象思維。

最後一章以《金剛經》的引文作前言，展開存在的意象論述。題目〈向廢墟致敬〉已暗指這是「實」與「空」的辯證，而「空」正是本詩結構上終極標的。「空」落實於「實」。人經常是面對「空」的威嚇時，才開始體會到「實空」交相滲透的本質。

從第一章的漂泊到最後一章面對「空」的思維，整首詩綿延成一個虛實相濟的結構。

II

在這一本詩集裡，洛夫以慣常的機智展延語言的可能性和包容力。語言不只是個工具，它暗藏一種思維，和人生態度。《漂木》所顯現的是，語言在表象克服制約時，內在存在另一種拉扯。思維似乎在稜線上遊走，文字可能滾落成泡影，也可能在高處展望另一個向度。語言在解構的危機感裡建構詩的殿堂。因為可能的破壞，而有更紮實的基礎。因為可能的自我塗消，詩行更要留下明顯的印記。詩人的思維的方向似乎暗指：一切將只是風中的耳語，因而更需要在當下吐納（articulate）有力的音符。否定會結集而成為一種肯定。表象失卻重心的逸走隱藏另一個向心力。本詩的趣味，不在於存有的悲觀或是樂觀，而是這種兩相撞擊的思維所營造的詩美學及哲學層次。

漂泊的意象

首先，漂泊或是放逐就是一個表象離心，而底層向心的現象。放逐者或是流放者本身就是離心和向心複雜的化身。離心是對故鄉因為有所期盼而有所失望，而失望後又因為遠離，而有潛在的自責。自責可能變成更大的期盼和牽掛，雖然這個牽掛夾雜著離心和向心的心路歷程。譴責是因為關愛，但關愛卻導向更大的譴責。基本上，在這個特定的時空裡，心靈的追求總會伴隨不同程度的失落感。艾克諾（Richard Exner）說：「二十世紀的知識追尋是一種放逐」。[1]喬埃思寫過一個劇本叫《放逐者》，而他本人就是一個「藝術家……從培養他的中產社會中放逐」。[2]追求心靈知識的藝術家會深沉體會到在現實環境中的放逐感。但正如上述，實際空間的距離反而增加心靈空間的牽繫。喬埃思離開愛爾蘭後，所描寫的都是愛爾蘭。《漂木》所寫的就是那個又心悸又尷尬的中國。洛夫本人移民加拿大，就是「漂木」的另一個身世。放逐者的語調裡總是夾雜了悲喜的雙重回音。遠離故土騰出空間的距離，使觀照富於冷靜的智慧。但空間的距離也使表象抽離的情感更加暗潮洶湧。詩裡的第一章也以「漂木」為名，充滿了類似的意象。鞋子以及漂木以及被水沖擊的木頭，以及木頭燒成灰而進行形上學之旅，都是漂泊的化身。在形而上的觀照下，意象帶出兩岸迥然不同的風景。有笑聲，也有欲哭無淚的場景。不論是哭笑悲喜，那不是空間的斷絕，而是心神的相繫。

大陸（故國）的山水，在現代化的旗幟下，成為特異的拼圖：「黃浦江。脂肪過多而日趨色衰／秦淮河的夜色。趕走了麻雀飛來了蒼蠅」。風景變色，而人世呢？「泛白的牛仔褲。吞下三粒威而剛也不管用」。大陸在成長中過渡，在過渡中成長。但成長的悲劇卻使既有的價值煙消雲散。成長引來對過去鄉愁，這對放逐者更是如此。空間性的放逐總和時間性的放逐，相互糾葛。③

台灣呢？更是啼笑皆非。「寶島林木蓊鬱／內部藏著日趨膨脹的情慾，和／大量貪婪的沉澱物」。林木蓊鬱，蘊藏生機，但只是醞釀情慾和貪婪。最後整個「寶島」只是沉澱了這些錯誤情緒的排泄物。為什麼會如此？「大地為何一再懷孕卻多怪胎」？這是形上學的問題，答案似有似無。懷孕當然是延伸上述所謂的生機，但這塊島上，總是時常基因突變，生下來總是一個一個怪胎。不僅如此，事實上，這塊土地已發展出特異的島國文化，一種反淘汰的倫理。越是怪異，越能受到島民的推崇。詩中人對這個現象已無意置評：「詮釋似無必要／空虛有時也是一種充盈」。假如語言的嘲諷，讓被嘲諷的對象痛苦難當。最極致的嘲諷，當是語言的沉默。以虛實相對應，假如海德格說：啞巴沒有沉默的權力，④那麼沉默是語言趨於飽滿的狀態，「空虛有時也是一種充盈」。「不予置評」（no comment）是嘲諷者最絕望的嘲諷。對於這樣反淘汰的社會，還有什麼可說的呢？

詩所顯現的兩岸，啼笑皆非。情感的表現也在稜線雜沓的交融，向心和離心的交會。對於這樣的現象，表象「詮釋似無必要」，但又洋洋灑灑三千行。文字是充塞紙張後的沉默，說無心卻有心。

弔詭的思辯

再其次，《漂木》的意象充滿弔詭的思辯。詩是詩人對人生的一種詮釋，透過意象，透過詩行起伏的韻律。《漂木》有很多話要說。但那不是純然的哲學的抽象論證。是意象的觀照和思維。但意象本身就是自我反思（self-reflexive）。意象不可能完全被規範；即使不是巴特所說的「第三意義」，[5]意象經常在理念的往前的投射下逸走迂迴。《漂木》展現幾乎就是這種「逸走」的詩學。整首詩是一個曲折的辯證。不是說教，是非說教的言說。詩的書寫絕對是一個有所為的活動，但卻不是目的論直接的投射。直線思考在詩中經常遊晃進入小徑，但在小徑裡並沒有迷失，仍然有一個大方向。而通常，這首詩所顯現的是，大路和小徑可能交互變換身分，互為主從。有時，詩想所達到的結論在言語之間搖晃這個結論。有時，文字在搖晃躲閃之間，已暗藏結論。

如本詩的第三章第一部有如下的詩行：「蟑螂／億萬年前就已找到了永恆」。以蟑螂和永恆的連結，是以詩想推翻制式的邏輯思考。蟑螂是人類心目中最卑微的生物，但是得到了人所盼望的永恆。人的永恆，只有去除形體，才能在宗教裡找到救贖。但是所謂蟑螂找到永恆，並非形體不滅，而是億萬年前就已開始步入輪迴。

因此，這個詩行是雙重反諷，一個弔詭的辯證。一方面，相對於人，最低下的生物反而得到永恆。另一方面，對於蟑螂來說，從億萬年前步入輪迴，蟑螂的物種並沒有提升，還是一隻蟑螂。

另外，像這樣的詩行：「詩人便笑了／笑聲滴落在稿紙上濕了一片」。「濕」應該跟眼淚有關，但詩行裡卻是由笑聲引起。表面上，不合常理，但實際上，詩所觸及的一個更深沉的真實。笑會引發眼淚有兩種可能，一種是笑到身體無法控制的狀態，二是笑聲裡所暗藏的悲哀。詩人的笑聲可能是一個人生的悲劇的始末，但只有濫情詩人才在詩裡傾訴眼淚。一個嚴謹面對人生思維的詩人，只有苦澀的笑聲。

苦澀的笑聲

苦澀的笑聲所指引的人生，不是悲劇也不喜劇。但在正反的糾葛中，讓人對生命正色凜然。批評家曾經在我的詩裡聽到苦澀的笑聲。[6]在這首《漂木》裡，也充滿了這樣的意象。事實上，在台灣的時空裡，八〇年代以後的人生，假如濫情的人生氾濫著眼淚，一個以文字面對荒謬現實的人，絕不會妄想以眼淚來洗滌這個世界。但是世界的荒謬依舊，流轉的歷史，荒謬依舊。從小我的個人到周遭的情境，無不是一個掉了筋骨的圖像：

正因為無常便有了無奈無助不洗澡換衣的藉口

把歷史，寫成／帝王流血不止的痔瘡

他特別突出某個雄強有力的句子／猶之廣場上／那座雕像作勢欲起的陽具

老人斑邂逅青春痘的錯愕中

從落日酒吧步出便怒氣全消／敵人只剩下一個／明日勢將崩盤的股市

這些詩句使讀者哭笑不得。帝王的痔瘡之血流成歷史，雕像在視覺裡最突出的印象是那「作勢欲起的陽具」。老人斑和青春痘的邂逅，是對時間快速消失的驚呼。如果時間無常，空間無理，人們可以輕易找到不洗澡的藉口。如果一切將隨落日成黑暗，還有什麼能再挑逗怒氣，雖然心理知道明日的股市仍然繼續沉淪。

對於這樣的世界，我們不需要眼淚。眼淚，是虛假的濫情。眼淚，並不是悲劇真正的體驗。不，我們也可以說，苦澀的笑聲，是嚴肅詩人唯一流下的「乾涸」的眼淚。

詩人自我的解構

身為詩人的洛夫在《漂木》裡解構詩人。詩人在文學傳統裡幾近神話式的行徑，常常被視為浪漫理念的化身。詩人飲酒賦詩，賞月乘風，一副不食人間煙火的模樣。當代的詩人雖然不得不面對人間。但很多詩人，字裡行間，還在黏滯的情愛裡翻轉，還在自我神話裡沉迷。其實，詩人和常人一樣，每天仍然要刮舌苔、刷齒垢、蹲馬桶。但有多少詩人能以生活的題材為詩？能在生活的情境裡看到本真，而以語言化解現實？

《漂木》不僅觸及到現實，也觸及到詩人的本真。因為觸及本真，詩人嘲諷、「調戲」詩人。調戲的語調並不是對詩或詩人完全的否定，因為《漂木》本身就是一首詩。但也絕不是典型的浪漫詩人理直氣壯的為自己加上冠冕。也許在傷口的碰觸裡，人才真正感知神經的走向。在自我揶揄的過程中，詩人才真正看到自我：

李白從河裡撈起的／只是一件褪了色的褻衣

他的詩，一輛破舊的車子／拿什麼去載道？

不知何時／詩人的顏面上／又多了幾顆後現代主義的雀斑

李白撈月是一再被轉述的美麗神話。但那是透過漫長的時間所顯現的浪漫朦朧之美。若是逼臨現場，撈起的也許「只是一件褪了色的褻衣」。洛夫和李白都是詩人的身分，但是洛夫知道堆積在詩人身上的一些美麗傳言或是神話，大都可能遠離真實。痛苦地褪去這一層裝扮的外袍，才看到詩人的真貌。同樣，有些詩人喜歡說教。但作為載道工具的詩，只是「一輛破舊的車子」。形式和內容的孰重孰輕，只是概而化之的分類。好詩，在說與不說之間。好詩，不是隨意為之，但也不是目的論的化身。要載道，先要體會「道」並非有形的郵遞包裹。不是多了一個後現代主義的粉飾，就增添了幾分姿色，它也許更曝顯自己的雀斑。不是因為會說教，就是好詩。要先是好詩，才可能迂迴說教。類似的詩行在「致詩人」裡瀟灑地蔓延。攬鏡自照，多少所謂的詩人會流下觸及本真的冷汗？

「致詩人」這一節裡，提到梵樂希：「思想死了／詩，才開始飛翔」。這當然是一個以非為是的反諷。假如「詩是他（梵樂希）的一種特殊思考方式」，思想並沒有死。只是詩的思考，不是常理邏輯的僵化思考。常理思考在路上歪斜地行走，詩跳開這樣的方式，才能「開始飛翔」。事實上，好的詩是最豐富的思想。《漂木》的文字在這樣聲東擊西的撞擊中，讀者需要把握住詩行中真正的語調，否則很容易在其「語言的迷宮」中走失。

假如讀者能在這些意象紛飛的詩作裡，聽到詩存在的本貌。他將在「致詩人」的結尾裡聽到令人心驚的苦澀的笑聲：

詩人沒有歷史
只有生存，以及

生存的荒謬
偶爾追求
壞女人那樣的墮落
其專注
亦如追求永恆

「歷史」是一個高韜的言辭。「永恆」通常也是一個詩人自瀆的字眼。追求永恆和追求壞女人劃上等號。以其強調歷史，不如強調當下的生存。這也許荒謬，但這是存在的本真。因為能坦然面對自我的本真，詩的思維反而跨越自我設限的籓籬。表象是詩人的自我解構，實際上是自我超越的建構。

虛實的辯證

《漂木》是人間和形上世界的對話，是意象的哲學思考。我曾經在拙作《語言與文學空間》裡論述「瀕死的閱讀與瀕死的寫作」，⑦《漂木》裡也有類似的「詩想」：「詩是逼近死亡的沉默」。但這首詩最醒目的哲思是最後一章裡的「虛實」辯證。詩是這樣開始的：

我低頭向自己內部的深處窺探

果然是那預期的樣子
片瓦無存
見遠處一隻土撥鼠蹠起後腳
向一片廢墟
致敬

詩的哲學是意象的思維。因為只有意象才讓我們體會這是人間。「內部的深處」已經「片瓦無存」，這是實必須回歸於虛。土撥鼠蹠起後腳向廢墟致敬是一個動人而深沉的意象。身在人間，人何時才能體悟到「虛」無限的包容力？但只有真實世界的情景才能反襯虛空的浩瀚無涯。只有人世真實的意象才能切入虛空的堂奧：

一把提琴從幽渺的夢中回來／不巧，路上遇到／一隻剛從巴哈樂譜中出來的蛀蟲
被自己擊潰／就再也沒有　向／池邊的倒影道歉的必要
除了虛無／肉體各個部位都可以參與輪迴

我以為拔掉某個部位的零件／／便拔掉了慾望的插銷

巴哈的音樂是否永恆？對於這位被稱為音樂之父的音樂家，似乎是理所當然。但他的樂譜裡已經有一隻蛀蟲。假如記載音符的樂譜即將消失，他的音樂是否真能永恆？當提琴墜入音符中陶醉時，可曾想到醒轉時已有一隻蛀蟲在等待？吃掉琴譜後，蛀蟲的下一個目標，可能就是那把提琴。於是，自我以及另一個審視自我的存有，我和倒影，我和肢體，我和虛空的另一個我，進行存在的辯證。被自己擊潰倒下，在水邊站不出倒影，當然也就沒有向倒影致歉的必要。去掉某一個器官和去掉慾望是兩回事，即使自殘肉體，也拯救不了靈魂。詩行苦澀而自我解嘲。肢體將以生命的各種狀態輪迴，但自我的另一個部分——虛無，將永存於虛空。只要在人間，實和虛將永續地相互糾葛纏繞。整首《漂木》也以這樣的意象結束：

我很滿意我井裡滴水不剩的現狀
即使淪為廢墟
也不會顛覆我那溫馴的夢

井裡滴水不剩，已經到了淪為廢墟的階段，但這樣的虛空並不會「顛覆我那溫馴的夢」。夢在人間，虛空反而更能滋養夢，那是另一種「實」。到底洛夫是強調空還是實？答案應是既實也空，既空也實。實者，把握當下。空者，看淡一切，一切即將過眼雲煙。離心則虛，向心則實。智者，非虛非實，既虛亦實。

後現代的雙重視野

假使虛實相濟，既虛亦實，非虛非實。詩展現了語言與人生的雙重視野。雙重視野是後現代詩學最具有建設性的內涵，跳脫出一般人將解構學等同於「虛無」主義的論述。[8]其實，當代詩學最重要的發現是，詩不文以載道，不流於主題與道德論述，但詩並不是一無所有。反過來說，詩總是「有話說」，但說了，似乎不願意變成壟斷式論述因而有所不安。假如詩是意象思維，意象本身就具有是與否、虛與實的雙重視野。

再以《漂木》第四章〈向廢墟致敬〉部分的意象說明。〈向廢墟致敬〉的前言引用《金剛經》，此經的思維，在詩行中不時出現：

實相非相，非無相
甚麼也不是而牆角的餅乾盒子
早已空了，螞蟻正整隊回家

「實相非相，非無相」是對餅乾盒子與螞蟻意象的「詮釋」。這一個「詩行」本身就具有雙重視野。表面上，餅乾盒子是空的，但有螞蟻列隊回家，表示本來有東西被吃光，並非一無所有。可是若是說其「不空」，當下又不存在「實」的印證。此其一。

另一方面，「實相非相，非無相」的「詮釋」，表面上與以上螞蟻與盒子密實相扣，非常得宜。但細究之，這個經典的名句，實際上要到聖義諦的境界，才能看穿或是呈現「實相非相」；但螞蟻吃餅乾只是存在於有肉身的娑婆世界，是「世俗諦」的情境，「實相」仍有相。

另外，本章第十三節的意象：

有人掃走了
落葉，留下荒蕪
和被寂寞吵死了的雀鳥。虛無，其本質
帶有煙熏的焦味，接著
一群白蟻傾巢而出

這一組意象和前一例相似，白蟻與螞蟻意象的功能類同。落葉掃走了反而荒蕪，表面上，這樣的狀況可以用典型的弔詭詮釋。但是「弔詭」很容易被簡化成造句與修辭。「荒蕪」在此可能有雙重情境。一是除了落葉，別無所有。一是原來雜草叢生，和落葉相依托，掃掉落葉，只剩下雜草顯現的荒蕪。

至於「寂寞吵死了雀鳥」也有雙重可能。寂寞本來無聲，但無聲反而引發心靈的焦躁，擴大成無法忍受的吵鬧聲。另一方面，寂寞能造成心靈感受的吵鬧，實際上是其本身具有荒蕪虛無的寂靜。因為，幾近全然的靜默反襯擴大感覺上的喧囂。

有關寂靜或是沉默，下面一組意象幾乎就是雙重視野的化身：

沉默
是金，是一種在內部造反的病毒
水蛭除了埋頭吸血從不多言

「沉默是金」是一種病毒，完全翻轉我們習以為常的認知。因此，金是表象，內部實際上是窩藏病毒，意圖造反。換句話說，如此的沉默，並非真的沉默。「造反」兩字引發水蛭的意象，是沉默藉由意象的「現身說法」。水蛭的吸血呼應「造反」，而造反的重點在於行動，不必言說，更不必多言。假如沉默如吸血、如病毒，我們怎能奉為珍寶如「金」？

以上雙重視野的討論，破解了詩所謂本質的觀照，意象一向就持續在破解與見解中牽動美學的軌轍。以虛實的辯證來說，聖義諦與世俗諦的糾葛，使空實具有雙重面向。但有趣的是，當詩人在意象展現如此面向時，詩人的書寫與成就卻更展現了穩當的「實」。假如某些詩人在詩中一意要強調「實」（如明顯的主題與單一意識型態論述）時，其詩學成就反而蒼白變虛。而當洛夫展現虛實的雙重視野時，他在當代中國詩壇卻反而是屹立不搖的「實」。

原來，當人或是詩人以「空」來看待人世，他需要相當厚「實」的生命基礎。《金剛經》裡的名句：「應無所住而生其心」意味著：心不因個相而生迷戀心或是厭惡心。物有所應，過則不留。但心不住於相，意味世間無不是相。「有無」如此，「實空」也如此。沒有紮實過活的人，沒有資格講空。映照詩作也如此。沒有寫過詩的人，沒有資格講：詩作是徒然的書寫。論及「空」的抽象理念需要堅實的意象。洛夫十幾本詩作，已「厚實地」鋪陳了他數十年的詩路。沒有這一首長詩，他已攀上中國二十世紀詩壇的高峰。有了這一首三千行的長詩，他已在蒼穹向「空」境眺望另一個高度。

---

① Richard Exner, “Exul Poeta: Theme and Variations,” *Books Abroad*, L, no. 2 (Spring, 1976), P. 293

② William York Tindall, *A Reader's Guide to James Joyce* (New York: The Nooday Press, 1965), p. 223

③ 有關放逐的討論，請參閱簡政珍《放逐詩學：台灣放逐文學初探》（台北：聯合文學出版社，2003年），頁5-32。本書的重點是台灣八〇年代之前，兩岸隔離時，台灣主要作家在作品中的放逐意識。

④ 請參見Martin Heidegger, *Being and Time*, trans. John Macquarrie & Edward Robinson (New York and Evanston: Harper &

Row, 1962), p. 208

⑤巴特的「第三意義」是指電影的某些映象完全來之於偶發因素，超乎創作意圖之外。請參見Roland Barthes, *Image-Music-Text*, trans. Stephen Heath (New York: Hill and Wang, 1977), pp. 52-68

⑥苦澀的笑聲是我在《詩心與詩學》裡的重要立論。批評家據此討論我的詩作。請參見湯玉琦，〈苦澀的笑聲：感受簡政珍的詩〉《自由青年》1990年11月，頁50-61

⑦請參見簡政珍《語言與文學空間》（台北：漢光文化出版社，1989年），最後一章。

⑧請參見簡政珍《台灣現代詩美學》第五章〈後現代雙重視野〉（台北：揚智出版社，2004年），頁143-162

漂木

第一章 漂木

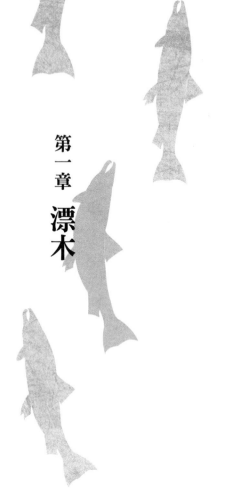

民離散而相失兮，方仲春而東遷。
去故鄉而就遠兮，遵江夏以流亡。
出國門而軫懷兮，甲之朝吾以行……
背夏浦而西思兮，哀故都以日遠。

——屈原〈哀郢〉

1

沒有任何時刻比現在更為嚴肅

落日
在海灘上
未留一句遺言
便與天涯的一株向日葵
雙雙偕亡
一塊木頭
被潮水沖到岸邊之後才發現一只空瓶子
在一艘遠洋漁船後面張著嘴　唱歌。也許是嘔吐
瓶子　浮沉浮沉　浮
煙　浮沉沉　浮
天空　沉浮沉　浮
開始漲潮

木頭攀升到
一排巨浪高高舉起的驚惶中
一塊木頭罷了
把痲木說成嚴肅
把嘔吐視為歌唱
任何鏡子裡也找不到這種
塗滿了油漆的謊言
史籍裡攪拌了太多的化學物質
而讀史人大多喜愛甜食
偶爾在憂鬱的早餐上撒點鹽
下午的愛情便不至於
淡而無味了
他們最怕看到
琉璃多彩的歲月
在焚城的大火中化為淒涼的夕陽
結論　下結論過早

與其草草
何不留下空格
讓那塊木頭——
不，那漂泊者的
散落在沙灘上的骸骨
去填補

木頭
玄學派的批判者
不見得一直是絕望的木頭
它堅持，它夢想
早日抵達另一個夢，一個
深不可測的，可能的
叛逆
它的血，奮力從
焚燒時的火焰中飛起

它的信念可能來自
十顆執拗的釘子
而生鏽
是在那人一舉起鐵錘
就開始了。死亡
距離下一次輪迴
總得好幾年吧，還得加上
另一個寡慾的秋天
以掉葉子代替落淚的秋天
是以，等了千多年的
世界末日，仍在
那燈塔的鐘聲中搖晃
且不斷有人告知，所謂世界
末日，不見得比
旗桿上突然升上一條褲子更為嚇人
其實，有些不明飛行物

只是在尋找回家的路
凡新生事物都容易令人感動
向日葵也是如此
經常因地中海太陽體溫的驟降
黯然垂首

開始落潮
木頭又退回到荒涼的沙灘
時間的盡頭
佛曰：
　舍利子是諸法空相
　不生不滅不垢不淨不增不減
　是故空中無色，無眼耳鼻舌身意
　無色聲香味乃至無老死……
而這塊木頭

已非今日之是
亦非昨日之非
極其簡單的一根
行將腐朽的木頭，曾夜夜
攬鏡自照
做著棟樑之夢的
追逐年輪而終於迷失于時間之外
的木頭
沒有時鐘、日曆、年譜
因它一直掌握著永恆
沒有面具　因為
它沒有容顏
沒有眼淚　因為
眼淚早已借給河裡的星子
沒有水晶球
它已知道前生忌火，今生畏水

當它在陰黯的牆角
再度遇到那把沉默的鋸子
這才知道
驚濤不在遠方
而在胸中

海上，木頭的夢
大浪中如鏡面的碎裂
遂有千百隻眼睛瞪視著
千帆過盡後只留下一只鐵錨的
天涯。最終
被選擇的天涯
卻讓那高潔的月亮和語詞
仍懸在
故鄉失血的天空
它開始起錨，逐浪而行

阿拉斯加的魚群
滿腹疑慮，不知
被誰高高掛在海邊的巉崖上
鱗片在夕暉中淚光閃閃
反映出
那漩渦深處沉船的地方
桅檣猶在顫動，攪得
天空一陣昏眩
木頭，與天涯的魚群，海鷗，水藻
同時心跳
從它們同一頻率的呼吸中
隱隱聽到深沉的
大海子宮內晚潮的湧動
這漂泊的魂魄
隨著浪花的躍起，觀望
日出。等待

一個在霧中極目四顧也看不到的未來
未來是一個魔
一個陌生的隧道
也許是黑洞，甚至於
一個難以作答的叩問
但，與其等待
不如解纜而去，不如
切斷
那根唯一連繫大地的臍帶
港口的膻腥
見證著一部苦鹹的歷史
遠海，藍鯨成群而來
噴出了鋪天蓋地的岑寂
這裡不聞鐘聲
風雨是唯一的語言
千噚以下，諸神在側

守護著
海底滿艙的亡魂
那故事
早已全身長滿牡蠣

你如看到有人涉水而來
極可能就是那位很瘦的
形上學的權威
而那漂來的木頭
竟然把躺在沙灘上喘息的教授當作自己
把橫行於他腹際的
一隻螃蟹
視為海神的暗喻
此時木頭逐漸逼近
緊緊頂住老教授的背脊
咔嚓！木頭嵌入他的體內

天地忽焉合一
他發現身上多了一根骨頭
多了一具堅挺的
器官，一根廣場上的旗桿
亢奮時
他那形而上的臉在風中
颯颯作響
而哲學則有陽痿的趨勢
於是他舉起那根旗桿一陣亂搗
天庭崩塌，眾星紛紛滾落
一群專門啃食邏輯的蠹蟲
從他那厚厚的玄學著作中逶迤而出
書頁間的縫隙中
時間與蠹蟲
都露出森森的白牙
把老教授咬得振臂高呼：

棄——智
絕——聖
而他體內的木頭也掙扎欲出
一種絕望的
非生育的陣痛
且頻頻輕聲呼叫；
相濡以沫
不如
相忘於
江湖

2

乘槎
浮於海
漂泊是風，是雲

是清苦的霜與雪
是慘淡的白與荒涼的黑
一雙只剩下幾枚犬齒的破鞋
板橋霜上的足跡
從今日大步跨出，進入
一座只有鐘聲而無神祇的教堂
又匆匆
從後門溜出
走向明日沒有碼頭，沒有
小旅館的
天涯
乘
槎
浮
於茫茫大海
濕了的鞋子向一顆落日飛奔而去

除了衣袖上的淚水鼻涕
沒有任何東西可以製鹽
且能持久，如一面
驚慌的旗
曾領導他們在骯髒的歲月中
鼓譟，吹著
肆無忌憚的風
帽子與眉毛同時遠颺
青翠瓷瓶與一束花同時遠颺
向河的左岸
向茫茫的雪原走去，一直走
直到瓶破，花被路人摘去
最後任其在行囊中枯萎。一種
漂泊者的
無聲的過程
無跡可尋的，淡淡的結局

一束鮮花
以任何方式
在任何地點
萎落，淺淺地埋葬
於深深的死亡

遠方的夢
有著深秋月亮的味道
浮於海的
那槎，又被潮水送了回來
圍擁那根木頭的泡沫
嘀咕
大部分都是空話
它把頭擱在峭壁上
清楚地看到
一顆血紅的太陽落向城市的心臟

擲地
濺起一陣銅聲
它雀躍而起
頭頂撞上天空
乳房般飽滿的椰子紛紛而落
還有甚麼比
火中取栗更令人興奮的了
栗子伸出燙傷的舌
香氣四溢
火，繞著赤裸的森林狂舞
一隻鷹
搜尋那舉火焚城的王者
衝向一堆灰燼
在那曖昧的年代
火，有時
比雪還嚴肅

火是木頭
唯一的諍友
木頭的夢不斷上升
它終於在雲端看到
那悲情的
桀驁不馴的島
雞犬相聞，人丁旺盛
稻香，酒香，體香
四處張掛著宿命的破網
（補網的人和漏網的魚
　同一命運，各自表述）
西瓜。青臉的孕婦
鳳梨。帶刺的亞熱帶風情
甘蔗。恆春的月琴
香蕉。一簍子的委屈
地瓜。靜寂中成熟的深層結構

時間。全城的鐘聲日漸老去
颱風。頑固的癬瘡
選舉。牆上沾滿了帶菌的口水
國會的拳頭。烏鴉從瞌睡中驚起
兩國論。淡水的落日
股票。驚斷了一屋子的褲帶
蘭陽平原的風。歷史的面目愈形曖昧
痔瘡。久坐龍椅的後遺症
膽固醇。巷子裡走出一位虛胖的哲學家
標語撕破了臉。一個醉漢抱著電線桿親吻
月亮被烏雲綁架。群星鼓譟
大地震。一條剝皮的蟒蛇在扭動
捷運系統。盲腸發炎送到醫院剛好下班
全民健保。一群肥碩的河馬橫街而過
衛生麻將。最愉快的水深火熱
減肥手冊。寫真集中的臀部乃不毛之地

紅葉少棒。打帶跑的地攤文化
滿街史豔文。短線操作的股市文化
冷氣機，冰箱，錄影機，傳真機，電腦。滿城荒蕪
插入生命，插入神經和夢。信用卡，電話卡，健保卡
醫院最近。教堂最遠
殯儀館最近。上帝最遠
歷史博物館。老祖宗被一篇新的就職演說驚醒
麥當勞。義和團從不排隊
基因突變。有人在骨頭裡大放悲聲
遊行示威。鴨子如痴如狂地跳進水池
節慶的城邦。午夜的街燈一直維持微笑
Pub打烊。啤酒杯累得口吐白沫
停電。嚼檳榔的聲音此起彼落
旗子。半夜變臉
綠眉毛的黨人。狐騷味過了濁水溪就更濃了
總統府。廣場上傲視闊步的鴿子第幾代了？

綠燈戶送客。最短期的政黨輪替
銅像無言。一位從未寫過詩的荷馬
電視機爆炸。對岸有人大發脾氣

3

黑夜降臨之前
頭顱沉重亦如黃昏
木頭又開始啟碇，航向
另一個港口
另一座人口密集蛆蟲滿坑的城市
市長年輕，有野心
從三十八層高樓俯身下望而面不改色
摩天大廈
一幢
逼視

另一幢
市招，文革的臉一樣
冷漠。外灘的鐘面上沾有一粒鴿糞
既高且白，時間荒涼無聲
據說住在淮海路的卡夫卡
睡夢中吞食了一條蟲
他覺得自己並不怎麼好吃
雨聲，窗外的黃浦江一臉倦容
落葉從銅像的頭頂飄下，順便
刮下了一大坨銅綠的眼屎
其中摻有
路人唾沫的腥味
廣場上
謠言和塵土同時揚起
威權的手勢，兩個警察不多不少
有甚麼比口袋裡混入一枚贗幣

更令人心驚膽跳
毒蘑菇，開紅花的蛇皮草
從腰際繞過來的一株曼陀羅
楊梅大瘡咧嘴而笑
一籮筐腥臭的魚蝦，不多
不少。虛無像一把黑傘
佔領了整座大廈
似乎沒有一個人醒來
用鰓呼吸，且
除了水不再承認任何生命
這裡曾是法租界
紅頭巡捕三五成群
沿街向法國梧桐收取保護費
青幫大爺躺在煙榻上
猛吸一口
冒煙的資本主義

庚子那年他死去時
手裡還握著一把缺嘴的茶壺
而黃浦江，帆如屍布
裹著一塊塊被切割的雲
飄然遠去
貿易風吹來一叢黑罌粟
如同某些人曖昧的笑
更像大多數人的哭
割地賠款，塵土飛揚
一夜之間河山矮了數寸
花翎頂戴突然全都滑到桌子底下
一群肥碩的耗子
倉皇躲進一頁空洞的歷史
漢文與革命與做愛，與
精神分裂的關係
多少有點弔詭

傷心，不多不少
剛夠一個世紀的量
此時，木頭欣然發現
世上還有一張比自己更有耐性的床
於是，同志們
讓我們向白色被單進軍，向枕頭進軍
向仰天長嘯承受兩腿激烈顫抖的床板
進軍。避孕套
把最狡黠的一代拒於門外
紙幣沾上汗水
衛生紙上的蟲子蠕蠕而動
另一種死法
超值的愉悅，轟轟，烈烈
未成形的魂魄
一一沖入陰溝
天國說近不近

說遠——
蘇州河湧進一大堆無骨的泡沫
張著錯愕的嘴
據說，全國的公民意識
都朝浦東那個方向傾斜
市廛櫛比，商機遍地
泡飯，醬菜，辣蘿蔔
大閘蟹滿市橫行
昨晚的文化水平驟然漲到喉嚨

而早些歲月
廣場一度傾斜
天空傾斜
風雨傾斜
街燈傾斜
鏡子裡的眉毛和領帶傾斜

鮮花
向亡魂傾斜
大字報
向板著臉的牆傾斜
北大學生頭上頂著一只陶罐
陶罐的水
向歷史中一場大火傾斜
火焰　向偉大領袖的
畫像傾斜
灰燼
向時間傾斜
長征途中最早被解放的
是一條尼龍繩
繩子去掉了尼龍便只剩下
一個汙黑而癱軟的靈魂
純潔的革命

一身的反骨
肩上的扁擔久而久之肯定會向
某個方向傾斜
千萬小心
緊緊拴在褲帶上的那個要命的主義
一鬆弛便會爆炸
煙火
向茫茫的夜空傾斜
膝蓋
向鞭子傾斜
瘀青的臉　向
無恥的鏡子傾斜
玻璃硬而且冷
有一種結構性的詭異
碎裂時
哐啷之聲勢必令全國大吃一驚

那年，串聯進城去看北京的基督
還聽到一卡車一卡車的萬歲
滾落水溝的聲音
火車擠得水泄不通
一只腳踏在車廂邊沿
另一只懸在天安門紀念碑的頂上
革命好玩極了
木棍與皮帶混聲合唱直叫人熱血沸騰
糧票。飢餓。胃潰瘍
傷寒。痢疾。毛語錄
旱澇。地震。紅旗的臉色一夕數變
老鼠。陰溝裡的資本家
蟑螂。廚房的修正主義者
鞋子咬牙切齒滿街跑
唯一的後現代工業產品即是
從煉鋼爐升起的黑太陽

他們的手掌握有一把火，他們發現
被焚燒之前頭髮都有異議
怒立，然後化為一股煙
破帽而出
一叢極度委屈的
梟梟

4

十年冰雪
一旦解凍小河便一絲不掛
閃著細腰
落花流水送來一群母魚
腰圍粗大顯然是下蛋以後的事
運河兩岸農舍的炊煙
一早就張家長

李家短
城市的馬達也開始
張家長
李家短
時間的絞肉機
割裂著街上盲亂的靈魂
路旁一堆新鮮狗糞怎麼樣也躲不開
迎面衝來的腳踏車隊
紅綠燈的錯亂是否緣於情慾的衝動很難判斷
烈日的街邊
法國梧桐下好像站著馬克思
中國工商銀行門口放置一具
資產階級用慣的飲水機
南京路通向何處這已不是地理問題
在馬路中間唱〈雷峰之歌〉的詩人
已被碾成了一塊

又乾又瘦的形而下，蒼蠅沉默
馬雅可夫斯基上吊的那天開始
驚雷
把十月的天空炸出一個大洞
改革，有些人富了有些人只是
突然胖了起來
你看，這多麼豐富的一天：

上午　你說我，我說你
中午　你吃我，我吃你
下午　你贏我，我贏你
晚上　你抱我，我抱你

摩天大樓。五十層以上讀《資本論》兩腿發軟
黃浦江。脂肪過多而日趨色衰
秦淮河的夜色。趕走了麻雀飛來了蒼蠅

華北平原。落日出奇的沉默
長安大街多麗人。一樹毛茸茸的桃子
人民幣。大閘蟹躲在簍子裡垂淚
銀行的數鈔機。毛澤東急速翻臉
賓館。五星級的情慾在房門後窺伺
茅台。黃河之水天上來
菸蒂與撲克牌。火車站的浮世繪
《人民日報》。手搖留聲機
特異功能。廣場上的鴿子突然絕跡
泛白的牛仔褲。吞下三粒威而鋼也不管用
電腦。黑五類的另一類
神洲一號飛彈。一個漢子從頤和園斜著走來
核電廠埋頭幹活。月亮獨唱
大碗羊肉泡饃。靈與肉共享美好時光
長江三峽。發電機吃月光的飼料而吐出蒼白的風景
黃鶴樓。崔顥早就知道天堂還遠得很

塔克拉瑪干沙漠。蠍子獨自呼吸宇宙的蒼涼
成都草堂。杜甫在這裡磨損了三顆臼牙
回鍋肉和豆瓣魚。一種火辣辣的鄉愁
白毛女。一條吐信的響尾蛇
沁園春。彭德懷身上的蝨子全都餓死
十年浩劫。又一次上帝橫蠻地干預歷史
一胎政策。末代皇帝手中的蛐蛐
龍井摻一滴五糧液。不太成熟的民主程序
普希金的抒情詩。蟋蟀在寂寞中哀鳴
鄉鎮企業。一個飛上太空卻以為到了天國的僧侶
黨書記兼總經理。一把鑰匙天堂與地獄共用
廣場上。絕食的雪人一個個被太陽逮走
螳臂擋坦克。魯智深式的超現實主義

或許，這就是一種
形而上的漂泊

一根先驗的木頭
由此岸浮到彼岸
持續不斷地搜尋那
銅質的
神性的聲音
持續以雪水澆頭
以極度清醒的
超越訓詁學的方式
尋找一種只有自己可以聽懂的語言
埋在心的最深處的
原鄉
不幸的是
假相有時比真實的鈾礦
更具硬度，
一個有害的真理
遠勝過一個有益的謊言

火一樣傷人的
語詞，通常
出於被鑽得喊痛的木頭
它鉋開自己木質的軀體然後
用鑷子仔細挾起
一個個金光閃爍的字
（漢代的或更遠的），然後
塞進大動脈的血管
流入久已荒蕪的頭顱，以及
和番茄醬攪拌得
黏黏糊糊的
意識形態
但究竟甚麼是那最初的圖騰？
那非預知的
亦非後設的
正在全力搜索的

心中的原鄉？

5

島上，雲蒸霧籠
木頭的面目模糊不清
髮，泉州的髮長自漳州的肌膚
肌膚，漳州的肌膚長自廈門的骨血
骨血，廈門的骨血長自四川的神經
神經，四川的神經長自湖南的染色體
染色體，湖南的染色體長自黃土的基因
基因，黃土的基因　長自
　一顆顆發光的漢字
　　永遠的傳唱
而年輪
卻是一部紋路錯亂傷痕累累
不時在蟲蛀火燎中

呼痛的斷代史
寶島林木蔥鬱
內部藏著日趨膨脹的情慾，和
大量貪婪的沉澱物
紅塵，由煙霧編織的神話
流傳於國會與棒球之間
　　總統府與菜市場之間
　科學園區與麥當勞之間
檳榔與半導體
綁票與慈濟功德會
寶斗里夜市與文建會
楊麗花與覃子豪
據說，南部的乳房明潔如溪中卵石
皚皚白雪是合歡山最好的主婦
一大早捷運系統
就會有系統地把抗議群眾和市長候選人

一一送進了歷史的某章某節
電視裡議員們以拳頭發言
電視外議員們與黑道角頭杯酒交歡
除此之外，這天無事
不冷不熱。一隻洋狗在馬路旁蹺腿灑尿
完全無礙於島民意識的爆炸
這天無事，除了
從巷子裡開出的幼兒園小巴
猝不及防地撞上了
一輛迎面而來的靈車
淡水河邊的風箏是另一類傳奇
秋日的天空
太高，太藍
以致大地成了一個極其龐雜的象徵
詮釋似無必要
空虛有時也是一種充盈

大地為何一再懷孕卻多為怪胎
不說啦，不說就不說
於是春天又醒了
山坡上狼尾草追逐龍舌蘭
太陽沿著順時鐘方向，直達
向日葵的核心
夕暮中，一座山
尾隨一座山，追蹤那
漸漸隱退的上帝
倉廩豐盈，果實滿地
非潰爛不足以言成熟
非去皮
不足以言赤誠，非殺戮
不足以成佛，非貪婪
不足以從粉身碎骨中找回自己的一小撮磷
死亡的幽光

冷卻後的前身
非權謀，不足以體認
囫圇吞下一塊大肥肉的喜悅
非慾念不足以聞道
非滿缸的雪水不足以鎮壓肉身的沸騰
關於生與死
莊子與蝴蝶與大悲咒輪流開講
各說各話。非痴愚
不足以使石頭懷孕
關於火，通過煙囪
到骨灰甕到地獄一路順風順水
關於風，一片沒有家的落葉
關於信仰
唯一的信仰是荒年牙縫間的地瓜味
道，一盞燈
或高山的鼓點子

都已被酸性濃烈的意識形態
腐蝕為過重的塵緣
關於明天
明天內層將升起更深的寒意
關於危樓
關於一水之隔的廢墟
關於流言，關於島上的
神蹟，以及
一朵貧血的殘陽

如是我聞
木頭說，確曾離開過
走得很遠
現又回到這個舊的磁場
院子裡滿地的白雲
依然無人打掃

漂木

第二章 鮭，垂死的逼視

棺材以虎虎的步子踢翻了滿街燈火
這真是一種奇怪的威風
猶如被女子們摺疊很好的綢質枕頭
我去遠方，為自己找尋葬地
埋下一件疑案

剛認識骨灰的價值，它便飛起
松鼠般地，往來於肌膚與靈魂之間
確知有一個死者在我內心
但我不懂得你的神，亦如我不懂得
荷花的升起是一種慾望，或某種禪

——洛夫《石室之死亡》第十一首

1

……我們不能放棄懷疑

我們不能
只靠昨天的腥味
來辨識今天行進的方向
不能因
滿嘴的泡沫
就說自己
是一個極端的虛無論者
頭顱破裂
血流滿面
不能說　這
就是絕對的執拗，或背叛
革命，首先要推翻自己

徹底消滅自己的影子
不能寄望牙齒有一天會成為化石的一部分
鼻子埋在沙灘裡
皮膚與鱗片
如敗軍之將的鎧甲掛在樹枝上
更像一個
被拆散的字
錯位的字
一顆顆叛離了整體
不能沒有骨骼
來支撐將要崩潰的夢
枯葉一臉愁容
花果四處飄零
不能說
這就是顛覆
或，這不是顛覆

在奔赴死亡的途中
不能停，眼睛
要緊緊抓住那顆星
不能沒有明天
張著錯愕的
嘴的明天
匆匆趕路的明天
不能倉皇四顧
但也不能沒有
投錯胎的心理準備

我們不能放棄懷疑
像放棄
一條汙黑而單純的繩子
不乾不淨
不能就此不穿褲子

也不能就此
把不穿褲子當作議論的主題
赤身露體
不能不說
是一根繩子的生化形態
不能不說是我們
拒絕鏡子的理由
從太平洋
到千里外的內陸小河
我們的歷史
像煙那麼長
又煙那麼短
而生命的旅程
可有多種選擇，即使
踩鋼索者從高空摔下來的姿勢
也不只此一種

驚悚
深深藏在骨頭裡
偶爾騷動
就像露水
偶爾從枯葉上無聲地滑落
所以，睡眠中
我們一向睜開眼睛
唯恐漏掉一次日出
千萬不能這麼說：
旅程等於一隻丟棄的膠鞋
丟了鞋子丟不了氣味
丟了氣味
丟不了歲月身上的疤痕
萬里遠行
水中的動物
大多是孤獨的隱者

而用一隻腳獨立危崖上的禿鷹
據說是一個王者
飛起，羽翼灑落一身冷傲
而我們，畢竟只是
大海中的過客
夢中常看到的
天空
像一塊大玻璃轟然砸在頭上
卻聽不到一點音響
驚醒我們的
從來不是深山裡的鐘聲
鐘聲太遠，落日較近
落日把人撞得頭破血流
無非是
為了換取第二天早晨的輝煌
太陽每天要脫一層皮

這也正是我們的夢魘
像蛇一般
把痛
用蛻皮緊緊裹住
然後扔進深深的遺忘裡
前面的海
突然在一場大霧中全盲了
甚麼也看不見，除了
我們那幅宇宙的臉
棲息著
一顆龐大的淚
跌落海面
濺起千丈波濤
那在記憶中漂白的家園
仍在繼續漂白
那染血的夢魘

仍是明日的風景
而我們的明日
很可能是一塊
一步步向時間推進的化石
我們在時間裡埋葬自己

其實，我們從來不知道回家的路
路在雲中
在閃爍的星光中
在狂濤中
有時又藏在細碎的浪花裡
路在四月的貿易風中
在秋夜的月色中
路，在天使的羽翼上
在母親的潔白豐盈的雙乳之間
但絕不能跟著太陽走

太陽早已迷失在永遠的循環中
我們不知
何處是生命週期的終點
時間，通常是甜的
但還來不及閉上眼睛好好享用
便永遠閉上了眼睛
於是我們跟著地球的磁場走
我們從不追問
裝在骨灰甕裡粉狀的東西
是變質的碳水化合物
或是涅槃

2

而死亡
是生命週期的終點

有時更像起點
方向，虛構的天空
有點曖昧
回家的路上盡是血跡

跟著險灘走
跟著海潮的驚呼走
跟著把歲月踩得嘎吱嘎吱的鞋子走

天涯之外
一聲高亢的獨唱
哀哀的尾音向南方墜落

落在一襲陳舊而肥大的風衣上
時間
在補釘之間飛行

並證明，身體最軟弱的部分
不是腰
而是腰以上的孤獨

我們的鰭
畢竟不是翅膀
夢，是不能沾水的

我們成群地追趕
一種全身荒寒的
稱之為死亡的東西

而身後
好像有許多黑影跟蹤
卻沒有一個叫上帝

有些老者
在書籍中稱之為哲人
書本外只是一杯寂寞的咖啡

從他們的啟示錄中
長出了生的雜草
渴死的玫瑰

他們向世人呼籲
讀經讀經
吃魚吃魚

一位叫康德的說：
他心靈永遠燃燒的
不是天上的星子便是地上的道德律

星辰使天空璀燦
道德廣被生靈
我們的皮膚卻被剝得血水淋漓

我們追趕時間
卻不追趕明天
明天墳上插的不是鮮花而是割鱗的刀子

我們一切就緒
當有人剛從太空旅遊回來
我們正安安靜靜等待下一次輪迴

以低溫基因靜止狀態的軀體冰凍法
將可突破死亡大限
無聊的預言

又何嘗不是無稽的神話
說是有一天　我們
會啣著鮮花從岩石中游出來

其實，對我們這群紅鮭來說
百年之間
只橫梗著一根魚刺

至於魚鱗，魚肚，魚鰭，魚骨頭
拆散之後我們就更為沉默
和你們一樣有著痲痺的歷史

地球傳來消息
新世紀的人口將暴增一倍
水資源之爭將成為世界大戰的引爆點

這就不如我們樂觀了
縱使在淚水中
我們仍可相濡以沫

而且我們一直活在一面巨大的鏡子裡
在每天晨光的折射中
都可看到一位水淋淋的基督慢慢走來

說來就來
從不打一聲招呼
我們陷入網罟之後祂居然不動聲色

神啊，慈愛的天父
一聽到刀子尖銳的嘯聲
我們的骨骼和夢開始解構

我們一生笑話不絕
最可笑的是
一登龍門便如何如何

存活是值得追求的
在油鍋的嗤嗤聲中
我們烤焦的頭顱突然想起水的溫柔

當然最後會想到崩潰
這是一個重要的過程
泡沫炸裂，上帝笑了

我們的旅程
是命定，是絕對
是從灰燼中提煉出的一朵冷焰

乍然看到大海遠處的一閃燈光
嗐！死亡不是全身發黑的嗎？
不！從現在起我們開始以血表述

3

當河谷上空一隻鷹鷲
俯衝而下
叼去了
河面上一層薄薄的月光
時間噤聲
故事正要開始

我們一旦游進內陸
亞當河變成了滔滔的瘖啞
兩岸草色淒迷

霧，比想像中更難掌控
早晨很淡
一到下午便臉色多變，口齒不清
一路也不見激湍飛沫
體溫漸失的河水
漂來幾片落葉
秋，載浮載沉
水的語言
在危機四伏的淺灘上吞吞吐吐
落葉無言秋墮淚
這種古典式的殘酷完全沒有必要
路，向天邊延伸
險峻與平坦都只是過程
縱浪大化中
喜和憂沒有必要
硬說大化中那一粒泡沫是我

更無必要
膽怯沒有必要
冷眼橫眉沒有必要
極終關懷沒有必要
為某種哲學而活，或死
也
沒有必要
神在我們呼吸中
也在
一隻吸飽了血的蝨子
的呼吸中
敬畏沒有必要
過量的信仰有如一身贅肉
虔誠沒有必要
在築構生命花園之前
我們內部

早就鋪滿了各類毒草
而神
甚麼話也沒說
我們唯一的敵人是時間
還來不及做完一場夢
生命的週期又到了
一縷輕煙
升起於虛空之中
又無聲無息地
消散於更大的寂滅
否定病　沒有必要
阻止褪色與老化沒有必要
執著，據說毒性很大
當然沒有必要
揚棄　沒有必要
被揚棄也沒有必要

豁達　沒有必要
超越　沒有必要
魔　黑臉白臉黑臉白臉沒有必要
佛　拈花一笑也無必要
短短一生
消耗在搜尋一把鑰匙上
根本就沒有必要
門　就讓它開著
雲　就讓它飄著

在此，時間默默地言說
那聽不見的話語
一種
深層次的內在表述
　說給水聽，泥淖聽
草叢中的蟲子聽

天空的飛鳥聽，星子聽
而我們的言語
卻卡在喉嚨深處，動彈不得
那是一把被銹了的鐵絲捆住的
火
目的不在燃燒
而在
熄滅
化灰，一個冷冷的結局
當我們浮沉於
某種語言的控制與壓迫中
我們就甚麼也不想說了
大限已至
我們將面對一張茫然的臉
從空白處
讀出更大的空白來

首先是我們形體與顏色的變化
大化中的一些小化
狀似頭角崢嶸，其實是
體內
突然長出了
鉤狀的
下顎（死前一種異形的入侵？）
背脊開始
微微地
隆起（或許暗藏某種無解的生命奧祕）
而全身一夜之間變紅
這又是何種徵兆？
紅色，永遠是一種危險的惡疾
河水紅著臉
藻草紅著臉　鵝卵石
紅著臉，苔蘚紅著臉

浮游生物紅著臉
躲在峰頂上偷窺的月亮紅著臉
整條亞當河的呼吸是紅的
我們的神
委頓地站在高高的雲端
臉也是紅的
紅色，有時是一篇
擴散汙染的講詞
甚至是一把
在他人身上挖洞，然後
埋下炸藥的
刀子
但我們信仰較冷的東西
教堂不僅豢養一尊神
和一窩老鼠
也豢養著孤獨

沒有血色的孤獨
比傷口深
傷口
比蹙眉深
蹙眉
比一間黑房間裡喃喃的禱詞，深

甚麼是超地球經驗的
宇宙訊息？
生命，充其量
不過是一堆曾經鏗鏘有聲過的
破銅爛鐵
但銹裡面的堅持仍在
尊嚴仍在
猛敲之下仍能火花四射
而尊嚴的隔壁，是

悲涼
再過去一點，是
無奈
被剝了一層鱗甲
發現有一個魔藏在裡面
再剝一層
魔又鑽到更深處
我們一生最大的努力
只想找到
一個神
不一定就是天國的那一位
我們繼續往上游衝去
淺灘上都是鋒利的殘岩碎石
傷口無言
我們的嘶喊連自己也聽不見
宿命

一種神奇的另類基因
不讓我們停下來
鰭摧折
頭為之破裂
肚腩翻轉，提前向天堂漂去
祈禱是一雙多餘的手
伸出去
無人拉它一把
大悲咒
比飢餓更狠，更會嚙人
我們只剩下傷口
一種久久不癒的絕望
末日
或許正是另一場暴風雨的開始
我們和命運做生意
不賺也不賠

我們習慣在砧板上
展示一種無奈的宿命的溫馴
肉身的意義
唯有饑餓的野熊和
貪婪的蛆蟲懂得
而靈魂
順著一只瓷盤的傾斜
一路尖叫著
滑入腐味嗆鼻的時間隧道
平生有兩件莊嚴而神聖的事
做愛
和死亡
其實二者只隔著一層薄薄的冷霧
而且　絕不動情
海誓山盟可笑得像額上那塊多餘的贅肉
排卵：混沌初開

射精：乾坤始定
我們以一種優美而舒緩的姿勢
合抱一個宇宙
這時，天空掉下一把鎖匙
輕輕插入
一個寒意甚重的體內
一間黑暗潮濕而深邃的廂房
騷動，裡面有一匹獸在掙扎
情慾的化學反應
沁出一種涼颼颼的雪的體香
最後在上空守護的天使齊聲合唱
所有的門打開
所有的窗子打開
天光直射而下
遠處
死亡和重生的鐘聲同時響起

這跟教會無關
跟河水的暴漲暴落無關
跟峭崖上那隻獨棲的老鷹
也無關。青草衰萎
可能在另一場夜雨中復活
這種兔子的邏輯簡單得可笑
其實，這跟兔子和可笑也都無關
跟情慾無關
兩情相悅而碰出的火花竟然是冷的
這不由得你不相信
唯DNA
是一枚絕對的
只可慢孵不可急就的
蛋
這是唯一的原則
不論是交配，或自瀆

4

我們沒有更高的奧義
並不比一片草葉的存在
更具先驗性
在神的面頰上
我們仍只是一滴永恆的淚
死亡
或可稱為
另一種形式的遺忘
秋天，誰管它落葉的憂愁
為何是黃的
長長的旅程
短如一聲槍響
張口輕噓
煙，散去

雖比虛空具體一點
而終
歸於虛無
用火憑弔自己
不失為一種理性的祭奠
融入大化之前
我們無法判斷
陳舊的禱詞與帶有霉味的笑聲
是否仍是
最後晚餐的主食？
我們懷疑
是否就這樣，亡故
像火的衣裳
灰了
像青苔下面的石頭
啞了

生命週期又開始歸零
死亡
是一艘剛啟碇的船
滿載著
下一輪迴所需的行囊
以及一身錚錚鐵鳴的骨架
以及，為再下一次準備的
骨髓裡的
帶刺的孤獨
遠離昨日，一冊翻破了的書
遠離水，雲端飄起
一個早就被擰乾了的魂魄
神，在屋頂偷窺
我們張口大聲呼救
而滿池的荷花依然笑得如此燦爛
遠離童年

一兩枚銅板便買來整個世界的童年
遠離美好的諾言
（那水中的喋喋是我們早年的諾言？）

遠離龍門
那夢魘的閘口
進去一身傷痕
出來一身疤。遠離江湖
十年燈火在夜雨中一盞盞熄滅
濤聲，遠離碼頭
遠離我們胸中毒性很強的鄉愁
遠離肌膚，遠離各種器官
遠離情愛
遠離那些招惹蛆蟲的慾念
你們

可以用鹽醃我們
用火烤我們
切時間一樣的切成塊狀
割歷史一樣的割成章節
然後裝進一只防腐的鐵罐
扔入深淵
一個荒涼的黑洞
不，一個未預期的抵達
最後我們又回到
一個巨大而寂靜的繭
一次鴻濛而深邃的
睡眠

諸神從天帝的雙眉中央出生
據說那正是我們靈魂的產地
其實誰又在乎我們的死活

直到廚師把我們端上餐桌
美食當前，請用請用
剔骨頭的動作
使全身的零件樂得吱吱發笑
我們內心卻嘿嘿連聲
被強烈的胃酸溶解只是初步的過程
肉身化了
還有骨骼
骨骼化了
還有磷質
磷質化了
還有一朵幽幽的不滅之光
我們不怕曝屍
佛祖餵虎
我們餵鷹
同樣能享受冷酷的快樂

鷹的食慾
成全了我們高層次的理想
肉身
原本是承載基因的容器，或
解構主義者所謂的臭皮囊
一個形銷骨蝕的結局
又何嘗不是另一次旅程的啟碇
當我們被稀釋為
水中的微生物
我們終於在空無中找到了本真
新的機遇
也是新的輪迴
痲痲的，有點痛
一種初醒時的怔忡
我們，安安靜靜的溶解
全生命的投資

參與一個新秩序的建構
一個季節之外的太和
我們開始
以另一種形式優游於
激湍與兇惡的漩渦中
十月的黃昏
隔年的雪比秋水溫柔
河灘上的沙石比落葉溫柔
我們載浮
　載沉
最後在沙丘上相擁而眠
淡淡的夕陽
微溫的夢
我們等待蛻變成為蜉蝣
猶之一群白鴿
劈哩啪啦從魔術師的衣袖中飛出

單細胞
富於蛋白質
此外就別無含意了
一種令人驚悚的
而又那麼自然的
不存在

神在遠方監視，看著我們
把腐敗的肉身
一絲絲分配給每一個子女
吸吮血水就夠了
淚則留給我們自己
我們需要一些鹽，一些鐵
一堆熊熊的火
我們抵達，然後停頓
然後被時間釋放

偉大的流浪者

——鮭魚生態小史

日前專程去亞當河（Adams River）觀賞四年一度的鮭魚洄游。這是一次令人難忘，令人欷歔而沉思的知性之旅，「觀賞」二字實在不宜用在此地，因為我們所看到的乃是一場生命的悲劇。下車時，我第一眼便看到告示牌上貼有一張說明：「向紅鮭致敬（Salute to Sockeye）！」因當時遊客眾多，擁擠之下也未看清內文說些什麼，只聽到河邊傳來一片驚呼歎息之聲。

開始我們是以一種看熱鬧、觀賞奇景的心情來到這裡，但看過之後，感到有一種說不出的鬱悶沉沉地壓在心底，有些驚悚，有些悲憫，但更多的是感受到生命的悲涼與無奈，以及無與倫比的尊嚴。

我們先經過一座小石橋，橋上擠滿了男男女女各色人種，我隨著他們的面孔探首下望，果然是一幅奇景：潺潺的小溪中，水流甚淺而湍急，其中擠滿了成千上萬尾鮭魚，每尾都在十磅左右，全身血紅，一尾接一尾拚命往上游。其實不是游，而是爬，是跳，是衝，不吃不喝游過數千里的旅程，來到此地早已精疲力竭了，這一切都是為了尋找原來的家，然後在這裡產卵，完成綿延後嗣的偉大目的，然後無牽無掛，無聲無息，卻無比莊嚴地死去。

因此，在那狹隘的溪流中，在那萬頭攢動的魚群中，有些是傷殘，大多頭破血流，遍體鱗傷，有些已告死亡，斷頭裂尾，慘不忍睹。傷殘的據說一方面是由於爭風吃醋，相互鬥毆所致，再方面歸咎於拚命向上游躍去時被殘岩碎石割傷，而最後當雌鮭產完了卵，便與守衛身旁奄奄一息的雄鮭雙雙偕亡。

鮭魚是一種神奇的動物，有著可歌可泣的一生。牠們有著遠超過人類的體力，耐力，和難以解釋的特異功能，也有人類不可企及的德行，為了一個神聖的目標，不惜以整生的時間和血汗去爭取；牠們一出生便面對一個嚴肅的問題——生與死。牠們是否活得快樂，我們不得而知，但我們確知，他們死得十分壯烈而又心安理得。

鮭魚有其神奇的一生，說來令人驚訝不已。牠們在太平洋沿岸的淡水河流或小溪中出生，然後游向大海，在太平洋度過下半生，在生命週期將結束的前一年，即開始洄游，快速而準確地回到牠們的原產地——那遍布北美的數千條淡水河流——在此產卵，然後死去。

十月間，我們在亞當河所見二百多萬尾與激流搏鬥，拚命衝上淺灘的紅鮭魚群，就是從幾千里外的太平洋游回來的。在抵達淡水河之前，鮭魚即不吃東西，其長途航行的體力全靠貯存體內的脂肪與蛋白質來維持。據研究鮭魚的專家說，鮭魚體內有一個生理時鐘，時間一到，他們便會自動按時回到原來的出生地產卵。他們如何能從數千里之外找到回家的路呢？這個問題迄今還是一個謎，但有些科學家認為：鮭魚的航行主要靠太陽和星辰導航，並利用地球的磁場找到突出的海岸線而沿著航行。最近的資料顯示：紅鮭魚群的遷徙乃是配合海浪的波動，海水的溫度與鹹度而行進的。牠們尤其會利用一種特異功能——嗅覺——來找路，可以聞到牠們曾經路過時自己留下的特殊體味。這真是玄妙得令人難以置信。

鮭魚通常於秋末冬初產卵，孵成魚苗後得在淡水河中待一年才慢慢游向大海，度過牠們為期約兩年的成長歲月，最後一年開始洄游，一旦進入淡水河流，牠們的顏色與體型都會發生變化：雄鮭會長出鉤狀的下顎，背也會微微隆起。雌鮭此時側身而臥，用力擺動尾巴，挖出一個洞穴，然後伏在其中排卵，而雄鮭（有時數尾）會圍著雌鮭射精，將卵子包住使其受精，最後雌鮭以牠最後僅餘的一點力氣搧動砂石掩蓋這些受精卵。

完成這一神聖任務後，鮭魚的生命週期即將結束，半個月內便告死亡，部分屍體被鳥獸吃掉，另一部分則在水中腐化，成為飼育幼鮭的養料。這使我想起龔定庵的兩句詩：「落紅不是無情物，化作春泥更護花。」

漂木

第三章 浮瓶中的書札

瓶中書札之一：致母親

昨日你是河邊的柳
今日你是柳中的煙
你是岩石，石中的火
你是層雲，雲中的電
你是滄海，海中的鹽
你卑微如青苔
你莊嚴如晨曦
你柔如江南的水聲
你堅如千年的寒玉
我舉目，你是浩浩明月
我垂首，你是莽莽大地
我展翅，你送我以長風萬里
我跨步，你引我以大路迢迢

——摘自洛夫〈血的再版——悼亡母〉

1

守著窗台上一株孤挺花，我守著你
一個空空的房間
空得
像你昨天的笑
窗外是一個更空的房間
昨天你的笑
是一樹虛構的桃花
風吹過，其中一瓣正要飄落
還來不及伸手接住
便啪的一聲掉在地上
碎成一堆玻璃
壁鐘，滴答的永恆
我以為走一圈
總會在某個數字上遇見你

……10點我遇到荷馬
11點我遇到莎士比亞和卡夫卡
11點半我遇到傷心的李商隱
12點我遇到徐志摩在康橋

望望鐘面
發現你已停在9字上
原來睡著了，不走了
你與鐘聲同時疲倦了
從已知走向未知而後走出那間
裝著昨日裝著
桃花般笑容的
房間
我守著你
看著你衝出玻璃鐘面
與時間以俱碎
破碎的後果

倒不如何令人憂心
因為
它後面還尾隨著更多的破碎
新創未癒
舊傷又裂開了口子
從中可以看到一支爆燃的火把
透明的灰燼
時間的煙
玻璃和灰燼和時間一同拒絕腐爛
我完全能看見你
卻永遠走不進
你那空空的房間
隔著玻璃觸及你，只感到
洪荒的冷
野蠻的冷
冷冷的時間

已把你我壓縮成一束白髮

2

我，天涯的一束白髮
雪水洗白的，這之前
秋風洗白的
在秋風中流竄的
曳光彈洗白的
戰爭，那年在夢的迴廊拐彎處遇到
我便跟它走了
跟它步入雨林，踏上險灘
在散落的一頁歷史中登陸
椰林，古厝，漁人和他腥羶的夢，以及
鋼盔煮沸的血與酒
砲彈與山頂上一塊石頭互撞而

爆發的火花
倒也彷彿史書中的曖昧一笑
我也曾潛入深海
捕捉那隻吐血的烏賊
我一低眉
便看到帽簷下的死亡
果然有人拋起一塊雪白冰冷的手帕
把昨日
把你和我和整個世界的聲音與憤怒
輕輕蓋住
一水之隔
時間之外
我擁有的僅僅一瞬
而你已超越了子嗣與宗廟與族群，與
一箱又黑又破的裙子
超越了房屋與錢幣

超越了榮譽與羞辱
你點燃它們然後穿過熊熊的火焰走向遠方
你燃燒自己
讓清白留給化灰的骨殖
因而你也超越了大地，莊稼，牲口
超越了蚯蚓
吞食泥土而
排泄百年孤寂的蚯蚓
你超越了抽屜和記憶
黑白照片，針線盒，萬金油
乾癟的壁虎屍體。最後翻出一個
脫落而永遠無法縫上的黑鈕扣之夢
你超越了
遺忘
於是你抵達另一個驛站

那裡有著令你不安的
陌生的靜謐
你分不清楚
這一次是進入，抑或退出？
是了結，抑或繼續？
你說
那裡極冷而天使已斂翅睡去
渡船由彼岸開來
你說回家了，煙，水，與月光
與你母親的母親的母親的母親
每一幅臉都已結冰
下雪了嗎？
我負手站在窗口
看著雪景裡的你漸漸融化
一隻鶴
向漠漠的遠方飛去

這時我驟然轉過身來
看到坐在床邊的自己
默默地讀著你
裝在鏡框裡的那一句
虛懸了很久的
唇語：
在那病了的年代
貧血，便秘，腎虧，在那
以呼萬歲換取糧食的革命歲月中
我唯一遺留下來的是
一條綴了一百多個補釘
其中餵養了八百隻蝨子的棉襖
和一個偉大而帶血腥味的信仰

3

想起臍帶
兩個不同半徑的圓之所謂的切點
葉落，果熟
切點的疤痕
也正是果實的蒂痕
果實向樹告別
核，回歸大地
這與地心吸力何干？（牛頓茫然）
那沉重的
墜地之聲
是我對母親最後的一聲呼喚
地層深處，你可聽到
一陣疼痛的迴響
但我一直未曾搞懂

這個切點
是你的終點，或我的起點？
我開始腐蝕，或你開始重生？
坐看雲起時
不知山那邊的桃花開了沒？
晨雞啼醒了我的世界
天狼星吞食了你的世界
繁枝容易紛紛落
嫩葉商量細細開①
開。
落。
枯。
榮。
生。
死。
我們選擇那一項？

那一項也無從選擇
或者，我們乖乖地俯首
被每一項選擇
其實，選擇或被選擇
又何異於地窖裡的一罈酒
甜也喝光
苦也喝光
最後把酒罈擲向牆壁
粉身碎骨的是陶片
叫痛的是牆壁
一根火柴燃燒的時刻
遠不如煙那麼長
你曾歎息：人如蟻群
那些個倉皇奔走的投機分子
但把房屋蓋在墳頭上的螞蟻
又何嘗不是積極的現實主義者

前生，與
今生的距離
只隔著一層霧
你聽，霧中一個男子在飲泣
且喃喃在唸一首詩
「清明時節雨落無聲
煙從碑後升起而名字都似曾相識
一隻白鳥澹澹掠過空山
母親的臉
在霧中一閃而逝」

刻在墓碑上的字
大同小異
刀痕與青苔
大同小異
躺在裡面的和跪在外面的

大同小異
深山中
還有甚麼比黃昏的寺鐘更令人驚心
沒有，絕對沒有
除非陶淵明之輩，他那種
對雲的信仰對水的痴迷
對一朵野花的心旌搖蕩
直教人生死以之
有人看到一隊唐朝的兵馬
開進了紐約的博物館
這是可能的
王維住在謝靈運的隔壁
完全是可能的
兩人同時看到一條妖嬈的錦蛇
被乍然升起的月亮驚醒
也是可能的

息交絕遊而改與風雨做朋友
是一種可能
半夜從溪水中聽到
落花和游魚的對話那就更可能了
生命有時卑微
滿山坡的狗尾草在風中騷動
生命有時崇高
金龜子日夜幫上帝搬運糧食
母親，關於愛，關於刀子
關於二者狹路相逢時
可能發生的尷尬場面
我將無辭以對
我在你墳前輕聲祝禱：
願世人的淚
釀成一壺酒
醉成一尾魚

游成一行詩……

4

不朽
是蜉蝣和上帝之間的
一種形而上的曖昧
蟑螂
億萬年前就已找到了永恆
而你，母親啊！
卻長期蹉伏在搖椅中貓著[2]
維他命的瓶子空著
自來水龍頭兀自滴著
世道貧瘠，全城的嘴長滿黴菌
講演，格言，選票
色情網路，滿街始亂終棄的狗仔

你在傷風的電視機前貓著
在廚房貓著
鍋盆刀杓叮噹作響
你說得好：與其銹了爛了
不如提前碎了
下雨天，你在火爐旁貓著
讀早報，讀老人保健須知
讀《羅馬帝國覆亡史》中那個最傷心的句子
火焰中，馬鈴薯
做了一個皮開肉綻的噩夢
你在無害的
豆腐乳般封建的習俗中
貓著。在單調
荒涼而絕望的
夕陽裡貓著
為了履行一種非理性的教義

你一再在產房貓著
在血中貓著
於今
茫茫然，你在雲端貓著
朦朦然，我在霧中貓著
冷冷然，你在灰中貓著
空空然，我在天涯貓著
今晚，我以一張白紙的安靜
守著你，和
你那空空的房間

注：
①杜甫詩句。
②「貓著」，北京俚語，意謂安靜地待著。

瓶中書札之二：致詩人

詩，是存在的神思。

——海德格爾

1

孤絕
詩神之目

以飛鳥橫空的高度
俯視
行將在時間中一一崩潰的城邦
王者的自以為是
自以為
寂寞的品質似乎也高人一等
且容易發怒。怕一群人聚集，怕蒼蠅
怕蒼蠅的翅膀掀起胸中的雪崩
讀鏡，他站在一滴血的前面流淚
一言不合便撕稿紙如撕死亡契約
啊！世事無常

正因為無常便有了無奈無助不洗澡換衣的藉口
舉杯，他以泡沫向
世界發言
泡沫浮沉中一匹白駒
在追逐一隻蒼狗
醉了，即將到手的永恆
卻在極度牙痛的那晚匆匆溜走了
「目光掃過那座石壁
上面即鑿成兩道血槽」①
創造的意志，如刃
鋒芒所及
劃下了創世紀的第一刀
而羅列的城邦，亦如
夢一般空空的酒瓶
詩的話語，亦如
滿地的菸蒂

一種裊裊的孤獨
不作無聊之事何以遣
有涯之生
你們對著月亮最陰森的私處脫褲子
你們野蠻的器官
刺藤般高舉，瞄準
然後擊落
天上最亮的一組意象

你們一再追問：
穿過耶穌手掌
狠狠捶進上帝心臟的那枚鐵釘
和隔壁木匠捶進木頭直逼生命核心的
那枚鐵釘有何不同？
木匠將釘子捶進木頭的核心
大都沒有異議

而釘子穿過耶穌的手掌
通過約旦河，紅海
直達神的心臟
卻輿論譁然又是何故？
某些詩篇曾論及
鐵與血的誓盟及其荒唐
神的尷尬源自
各各答山頂一塊巨石的桀驁
或許淚最謙卑
自始即往低處流
血，救贖的玫瑰
通常盛開在我們肉體最骯髒的下水道
而劍，肯定直奔
尼采這類漢子的胸膛
據說只要一根蘆葦
你們便可與上帝對話

海灘上一只空空的白蚌殼
獨與天地精神往來，但它知道
珍珠和痛苦總有一天會被人掏空
你們說：煙升起，鳥便有了第三隻翅膀
多麼神奇的隱喻啊，
神把創造世界的紀錄
寫在每棵樹的年輪上
而你們守護的孤獨
是最毒的那一株大花曼陀羅

鳥囀眾山靜
花吐
一溪煙。
何其嚇人，如此之
最具威脅的
神性之美

我，與
大自然的
泯滅，我
與大自然的
融合
譬如一只雞蛋
蛋殼是我
蛋黃蛋白也是我
完整是我
破碎也是我
這是毋需邏輯支持的論述
大美無言
神蹟
創造偉大的荒謬

2

更荒謬的是死亡
大悲無言
寂滅，屬於另一類之美
不需辯證，嘮叨
像一根繩子緊扣住語言的脖子
你說：詩是逼近死亡的沉默
也許是
但詩，不也是
把滿山花朵叫醒的鳥鳴嗎？
大江迷濛
你躲在霧裡說：
縱一葦之所如
其實此時你已進入
一種泰然的死亡狀態

秋葉飄零，落花踊舞
豆莢在烈日下靜靜地爆裂
你安詳地觀察每根草在風中的動靜
你看到，一朵花
在情慾高漲時被折磨得死去活來
當你正陷於生死莫辨的困境
只見
一匹白馬
向一座孤寒的峰頂奔馳而去
一隻兀鷹，嘴裡啣著落日
自危崖俯衝而下
當太陽
再度從廢墟中升起
蚯蚓，泥鰍，牛糞蟲
從穢土中冒出傖俗的頭顱
吐出一個個

憂鬱的氣泡
憂鬱的早晨和早晨的大地
憂鬱的城市和城市的春天
憂鬱的稻穗和稻穗的黃昏
憂鬱的蚱蜢和蚱蜢的童年
憂鬱的池塘憂鬱的荷花
憂鬱的南山憂鬱的陶潛
憂鬱的酒壺憂鬱的菊
憂鬱的史籍憂鬱的風雨
憂鬱的山海經憂鬱的蠹蟲
憂鬱的水缸憂鬱的蛇
憂鬱的廣場憂鬱的銅像
憂鬱的上帝
憂鬱的抽水馬桶
憂鬱的
滿街飛揚的錫箔紙錢

燃燒之後
繼之以殘灰
酒酣之後
繼之以悲歌

3

酒店尚未打烊
夜色猶帶微醺
我在巴黎街頭的最後一盞燈熄滅時
與正在嘔吐的波特萊爾不期而遇
不必驚駭
他身上的腥味跟蛇不一樣
令人顫悸的
是在他內心深處萌芽的
一枚孤獨的釘子

而藍波的方法較為直接
他把語言鍛煉成一塊磁鐵
吸出了釘子
讓孤獨
童貞般藏在更深的地方
你肯定知道
波特萊爾的夢有時高過埃菲爾鐵塔
有時又低過
巴黎的陰溝
他的詩是憂鬱者之目
是「溢滿一百萬滴眼淚的井
是冷卻的金屬，仍在閃光的熔爐」②
在每件事物中
他那隱藏很深的釘子
步步逼進
向那不斷後退的上帝

對於詩人
最不朦朧的物質是
霧，一種靈性的灰塵
精神的頹萎
一種接近死亡的，逐漸失去個性的
鐵銹味

你說你常在午夜的酒吧碰到李白
一位微胖的飲者
目光湛然而衣帶飄逸的詩人
一位偉大的語言魔術師
他把生活寫成花園
把花朵寫成酒杯
把雲彩寫成衣裳
他把月亮寫成江水中一艘玻璃製的沉船
他把仕途，寫成

一隻無枝可棲的烏鴉
把歷史，寫成
帝王流血不止的痔瘡
把險峻的歲月，寫成
冬夜火爐旁的一把酒壺
昨日的豪情
猶如黃河之水
奔流尚未到海便只剩下涓滴
君不見
早晨鏡中的青絲
一到晚上便成了一把失血的韭菜
君不見
一張琴，樓梯似的橫在胸際
啞默，堆積如灰
他把非理性的積木
堆成一個妙趣橫生的靈性世界

君不見
餐桌上的烤鴨飛走了
而兩隻腿仍留在盤子裡堅持不動
啊！詩人把長安的秋色
吟成了日趨潰敗的晚唐
一天，酒仙外出尋隱者去了
二樓的窗口傳來杜子美的吟哦
冷肅，猶如
千秋之淚
蒼涼，猶如
窗外走過的雨鞋聲
無邊落木蕭蕭下
不盡長江滾滾來
從他這純現實主義的節奏中
你可曾體悟到
蜉蝣永遠不曾死透的理由

製作同樣驚心動魄的遊戲
觸探同樣萬古常存的空無
王維則在嗑瓜子中找到了他的美學
明月松間照
清泉石上流
瓜子殼兒極其準確地
一片片飛向
窗外霧一般閒散的暮色
偶然昂首，只見
一隻隻歸鳥飛身投入
他眼中的濛茫
四月，有著雲的心情
澗邊的野菊還來不及抬頭
他又轉過身子
隱入了
另一條溪的水聲中

4

披著灰塵的外衣
時間，輕輕觸撫我
於一個江南下午的
天長地久的濕漉中
你說：這不是里爾克式的詩句嗎？
沉寂是他的語言，唯一的聲音
他最熟悉時間的祕密
而神思，對存在的神思
卻是詩人心底的海嘯
無人可以聽清楚他的
全身細胞的騷動與喧囂
他那啞默的，神性的話語
足以使山嶽傾圮，江河斷流
猶如

巴哈走過G弦時的渾身顫抖
羅丹不懂
便揮錘猛敲沉思者的腦袋
不錯，遊戲要有規則
但詩不是生存的遊戲
血肉淋漓的詠歎又何需合仄押韻？
語言，是
存在者對存在本身的威脅③
真實與美
一向隱匿在語詞的毀棄中
陌生的事物
才是最初的真實
初生的，帶有血絲的蛋
才是真正的蛋，原創性的蛋
一個圓得令人叫絕的
外殼和粘糊糊的黃白之物不容分割的

洪荒而完整的
宇宙
里爾克慣常以詩祈禱
他沿著語句的斜坡
專注地滑向
一個純真的未知世界
最後抵達
那蟄居在萬物中的神
而蛋，正是祂住得最久的家

至於歐洲的梵樂希④
是另一類領風騷的人物
他曾一度失貞於語言的暴力
你知道，從此他將大部分時間
埋葬在夢與醒的邊界
為了開發潛意識的混沌和無限的能量

他把智力的鑿子磨了又磨
為了順從
那純粹事物的本質，順從
大自然神祕的意志
他敞開胸膛
任由海浪在上面刻著鹹味的詩句
一塊孤立的岩石
矗立在海濱墓園的中央
他醒在
比海更深的夢裡
只好讓死者繼續他的夢，在天空
在一滴雨的輕柔的穿透中
他表達詩的接續形式是另一個祕密
這不是一個漸次推進的系列
而是
一連串冒險的跌跌撞撞

猛然一腳踏空的驚悚
你不覺得梵樂希是一個矛盾的結體嗎？

不錯，一棵結著石榴，而又
餵養一窩鯖魚的樹
多角形的頭顱上
嵌著一幅多層次的臉
藏有一口袋的多元思想
白天面朝大眾
夜晚側耳傾聽內心那隻獸的嘶吼

你說他是一頭蹲在穴洞中懷著思想怪胎的獸？

他說他一出生便是好幾個人
他和許多個蘇格拉底同時出生
死的時候就只一個

這一個死了
只剩下思想
思想死了
詩，才開始飛翔
梵樂希究竟是思想家，或詩人？

他打瞌睡時是思想家，腦子裡的東西都是暫時性，過渡性的。今天的原理埋葬了昨天的定義。當他乍然從思想的岩石中醒來時，他便成了詩人；他認為語言只是手段，詩使它成了目的，因而便創造了穩定和永恆之美。詩是一個來自內在的平衡力量。詩是他的一種特殊思考方式。

5

我又忍不住要和你談談詩中神奇的東西

生命裡的　道
生命外的　禪
莊子蝶的美學，東方智慧
天涯美學
超理性的宇宙美學
無非都是你眼中的混沌
和骨髓裡
凝固了的騷動
所共同建構的
一種高度穩定而圓融的韻律
一種遠方的召引，以及
內心最深層的疑慮
不時蠢動　如魔
如某種喊叫
一座面目不清的城堡從霧中浮現
其實是一堆曖昧卻足以使整個宇宙

長治久安的符號
據說，詩要具正法眼，悟第一義
詩而入神
才能逼近宇宙的核心
找到自我在萬物中的定位
於是我們便開始
神與物遊，與
日，月，山，川擁抱
共同呼吸
深山中的蟬鳴
彷彿從遠古墜下的渺茫一線
緊緊維繫著
與天地原神的往來
一隻山鷹
從胸臆間飛起如魑魅山魈
啣一根野草，思接千載

飲一杓冷泉，視通萬里
而後捨棄一切相忘一切
看到蒲公英忘了大地
看到浮雲忘了天空
看到月亮忘了鏡子
看到魚忘了網
看到岸忘了船，看到
一隊倉皇而行的螞蟻
忘了飢餓，看到
從左耳斜斜掠過的雁群
忘了日落後的性衝動，看到
陣雨奔來，忘了
躲在門後口渴的傘
看到一株露葵
忘了太陽烤洋蔥的辛辣味
樹，忘了樹

最後在鋸木廠的木屑飛揚中
找到無數個自己
我，忘了我
才在事物的深處找到真實的我
神，在形體的背後蹺伏
我的神不是形體
的確又存在萬物之中
清淨本原，即在山河大地
宇宙的美學
天涯的獨唱
安安靜靜地躺臥在雲裡，水裡
微溫的夕陽裡
……漸，漸，漸，漸如一隻柔軟的巨掌
向四面八方伸張的
鐘聲裡。獨白
一個沒有聲音的話語世界

其中的妙悟
是從一樹非理性的果子上滲出來的
而果子，甜就甜在那必然的傷痛
必然的潰爛
從火中攫取的淚
才是真實的珍珠
莊子在途中遇到一隻妖豔的蝴蝶
又何必高興得要跟隨牠飛進墳墓
李白從河裡撈起的
只是一件褪了色的褻衣
用力擰乾，最後
擰出了一小杯月光

不知何時
詩人開始在咖啡中
摻入一湯匙哲學，一種

喉嚨裡卡著魚刺的存在主義
於是，菸斗裡
經常冒出大量的眼淚和
鼻涕。生存
敗葉一般猥瑣而聒噪
人們從不閱讀歷史，而夢
卻不時被翻得噩魘連連
晚上擰開燈，赫然發現
牆上掛著一幅割傷的臉
映在酒杯裡變成了一條超現實的蛇
酒瓶抱腹橫臥
花生米喃喃自語
廚房裡響起耗子躡足而行的窸窣
才寫了兩三行
詩人便笑了
笑聲滴在稿紙上濕了一大片

有時，虛無
居然也提升為一種主義
同志不多
譬如馬拉美之輩
詩句裡的槍聲帶有濃濃的大蒜味
被射殺的
通常是自己被月光黏住的影子
而貼在牆上的影子從不面紅耳赤
且大言不慚地
宣稱卡夫卡是他表哥
因鄙視死亡
他也選擇變成一條蟲
他，服膺道
被蠹蟲啃得坑坑洞洞的
道
他的詩，一輛破舊的車子

拿甚麼去載道？
關於傳統
他的辯詞裡調了太多的油墨
關於張力，陌生的語境中
他特別突出某個雄強有力的句子
猶之廣場上
那座雕像作勢欲起的陽具
關於使命感
酒後最豪情的誓言
轉瞬間
便和菸蒂同歸於灰
關於火，唯一的聯想
是一段
從焚屍爐走進又從煙囪飄出的過程
關於明天
萬里荒煙，踽踽獨行

關於一隻沙鷗老翅的沉重
關於一扇門的

沉默

不知何時
詩人的顏面上
又多了幾顆後現代主義的雀斑
解構，一種隨意性的再分配
譬如，在眾目睽睽之下
脫下最後一條褲子而去
除了尷尬和虛妄
你真能看到他後面長出一條尾巴？
所謂顛覆
把一株白楊倒過來栽
唯有俯耳地面
才可聽到蛇群的耳語，冰冷的蕭蕭
還有，所謂諧擬

一種文字功能的精神分裂症
試看：
蛇的
鞋子
在洞口
孵出
一粒
毛茸茸的
蛋
（小丑逗得全世界發笑除了上帝）
語言
仍是我們神聖的廟宇
向漢字建構的世界敬禮
也向女性主義敬禮
向被情慾傷害的天使敬禮
明鏡亦非台

紅塵的趣味何其多元
上網和上床同樣叫人發瘋

詩人沒有歷史
只有生存，以及
生存的荒謬
偶爾追求
壞女人那樣的墮落
其專注
亦如追求永恆

注：

①摘自拙著《石室之死亡》第一首。

②波特萊爾詩句。

③海德格爾語。

④法國詩人Paul Valéry (1871-1945)，梁宗岱譯為梵樂希，台灣詩界一向採用此一譯名，大陸不知何時何人改譯為保爾·瓦雷里。

瓶中書札之三：致時間

時間是概念，也是實體，好像它不存在，卻又時時在吸我們的血，扯我們的髮，拔我們的牙。時間其實是與生命同起同滅，孔子說：「逝者如斯，不捨晝夜」，陳子昂歎曰：「念天地之悠悠，獨愴然而涕下」，這既是對時間的知解，也是對生命的感悟，而里爾克則認為他的詩〈時間之書〉乃是詩人與神的對話，但又何嘗不是與時間的對話。我的認知是：時間，生命，神，是三位一體，詩人的終極信念，即在扮演這三者交通的使者。

1

……滴答
午夜水龍頭的漏滴
從不可知的高度
掉進一口比死亡更深的黑井
有人撈起一滴：說這就是永恆

2

另外一人則驚呼：
灰塵。逝者如斯
玻璃碎裂的聲音如銅山之崩
有的奔向大海
有的潛入泡沫

3

都是過客留下的腳印
千年的空白
一頁蟲齧斑斑的枯葉
時間啊，請張開手掌
讓太陽穿越指縫而進入

4

你那無人抵達的暗室
壁鐘自鳴，寂寞的魚子醬
在擁擠的玻璃瓶裡
憧憬著
日出後的授精

5

去年從八十層高樓聽到的鴿哨
跌落在
今日午餐的瓷盤裡的
只是一根
喪失飛行意願的羽毛

6

譬如我的房屋，在寂靜中日趨消瘦
對於風雨一向沒有甚麼意見
舊家具木頭中的孤獨
足以使一窩蟋蟀
產下更多的孤獨

7

朝如青絲暮成雪，髮啊！
我被迫向一面鏡子走近
試圖抹平時間的滿臉皺紋
而我鏡子外面的狼
正想偷襲我鏡子裡面的狽

8

其實死亡既非推理的過程
也不是一種純粹
繞到鏡子背後才發現我已不在
手錶停在世界大戰的前一刻
把時間暫時留在

9

尚未流出的淚裡。我們
只要聽到門的咿呀聲便委頓在地
不知來者是誰，只知從門縫出去的是
比風陰險
比刀子的城府深

10

比殮衣要單薄得多的
某種金屬的輕吼
秉燭夜遊正由於對黑暗的不信任
舉起燈籠
就是看不見自己

11

棄我去者不僅是昨日還有昨日的骸骨
佇立江邊眼看游魚一片片啣走了自己的倒影
不禁與落日同放悲聲
滔滔江水棄我而去，還有昨日
以及昨日胸中堤壩的突然崩潰

12

還有墓碑
以及墓碑上空倉皇掠過的秋雁
白樺在死者的呼吸中顫抖
這裡，鴉雀肆意喧鬧而葉落無聲
時間在泥土中酣睡

13

時間在城市裡顯得疲憊而任性
簡單的生活，深不可測的機器
投幣不一定保證自動販賣機開口說話
便秘，然後是久久的等待
然後嘩啦……掉下一個醉漢

14

一進入地鐵便再也輕鬆不起來
他們搓著手，專注地等候
從口哨中彷彿聽到大江的浪濤翻滾
一列快車從百年前的小鎮飛馳而來
正好停在叔本華的後門

15

你好
好久不見，你的思想又瘦了些！
超級市場門口哲人的寒暄火花四射
菜籃裡的魚蝦瞪著迷惑的目光
角落的那把雨傘原是三月的過客
淚水流向寂寞的街衢

16

我在城市裡，鏡子裡
一具玻璃的身體裡看到自己
頭腦與性器同樣軟弱如剛孵出的蟲子
一根長長的繩子牽著一匹獸
而被我拴住的日子卻很短

17

不久我便和風箏同時來到秋天的草原
風箏上去了，時間把我扣留在地面
蚱蜢的歲月，不安的躍動
蒲公英的夢持續飛行
及至九月，我思想的礦脈終告耗盡

18

幾經努力我仍無法飛起，這才發現
鞋子距離地球太近，距離灰塵
太近。有時我也想成為
一株楓樹上最高的那片葉子
紅得早，傷痛也早

19

在雪夜，我以白色的喧囂鎮壓自己的衝動
一匹發情的豹子在體內窺伺
誰的手也抓不住牠
啊呀，我的豹子衝出來了
滿床精蟲蠕動

20

搖籃中我兒子被一頭白髮追趕得不斷換尿布
祖母的微笑帶有濃濃的樟腦味
箱子裡舊衣服的每個鈕扣都很完整
唯有時間受創最深
牆上的日曆被翻得不斷冷笑

21

鋼索是一條永遠走不到盡頭的
驚悚之路。飛出去，兩肋生風
我們在下面以掌聲把他送到彼端
他突然墜落，一把抓起地面自己的影子
扔上去，他接住，立刻穿上且裝作仍然活著的樣子

22

死前大家都要懺悔一陣子
前不見秋天後不見落葉，孤寂和
謊言，玫瑰枯萎後留下的香氣或許是另一種永恆
若未穿過鐵衣
僧衣只不過是風中一塊孤寒的布

23

無意中我又跨進了夢的堂廡
撥開蛛網和瓦礫
發現野蕁麻中一堆青銅的釘子
楠木的大門久已無人進出
幽深的房間裡我找到了那只抽屜

24

裡面有一把形而上的鑰匙
開啟了我形而下的記憶
舊照片，過期護照（一種距離的辯證法）
指甲刀，咳嗽藥水，鎳幣，刮鬍刀，蟑螂屎
保險套（保險使你的靈魂更加完善）

25

這些都是時間之痂
歲月脫落的毛髮
有人溺水而死，與時間一併下沉
又提著自己的頭髮浮了上來
一碗湯，上面漂著一片淒黃的菜葉

26

我恍然大悟
我欲抵達的，因時間之趑趄而
不能及時抵達
有時因遠離自己
根本不欲抵達

27

有時因為風，風是我們唯一的家
夢從來不是，夢是墮落的起點
狗仔追逐自己的尾巴，我們追逐自己的影子
時間在默默中
俯視世界緩緩地墜落

28

大凶之年
所有蘿蔔都被吃光而大地不再懷孕
大家都知道，苦瓜的腹中
藏有一窩非理性的核
苦瓜涼拌革命，農民望著這個菜單嚇呆了

29

吃蘿蔔
打了一個青色的嗝
吃苦瓜
打了一個空空的嗝
吃語錄打了一個很餿很餿的嗝

30

這是歷史，無從選擇的沉重
時間，蛀蟲般穿行其間
門，全部腐爛
臉，全都裱好懸掛中堂
惡化的腫瘤在骨髓中繼續擴散

31

於是，我從一面裂鏡中醒來
俯耳地面，聽到
黎明前太陽破土而出的轟鳴
在母親體內我即開始聆聽
時間爬過青髮時金屬摩擦的聲音

32

我學習聆聽
開花的聲音，樹的乳汁流進石榴嘴裡的聲音
雨天竹子說著綠色的夢話
兵器互擊之後釘子叩問棺木的聲音
鴿子斂翅，黯然跌進油鍋的聲音，以及

33

第一場風雪轟轟穿越歷史的聲音
接著就是茫茫的
一匹白
用那麼多字記述一塊冰融化的過程
你可曾聽到歷史家擲筆的聲音

34

最後終於聽到螞蟻挖掘隧道穿過地球的聲音
我想，那邊可能
有更多瘦弱的好人和殘羹剩飯
地球這邊擱著一張梯子讓人看得更遠
但不久便被人抽走

35

蝨子們也正在尋找
一個細皮嫩肉的新娘
喝慣了血當然嫌露水太淡
既非蟬，他們不唱秋天的輓歌
也不是螢，他們的行業最忌在屁股上掛一盞燈籠

36

或許緣於某種意識形態
遊走於牆上的蒼苔習慣往空洞的高處爬
你是否聽到，輕俏的腳步聲宛如
從時間的嘴裡哼出的
一首失聲天涯的歌

37

一朵直奔天涯的金色葵花
騎著從太陽那裡借來的一匹馬
牠回頭問我：你的家在哪裡？
我默默地指向
從風景明信片中飄出的那朵雲

38

優閒，比孤獨更具侵蝕性
飲茶之
後，洗手
之後，便坐下來聽遠方的鐘聲
河對岸好像有人哭泣

39

我從來不奢望自己的影子重於煙
可是有時只有在煙中才能看到赤裸的自己
神的話語如風中的火焰，一閃
而滅，生命與之俱寂
我終於感受到身為一粒寒灰的尊嚴

40

存活
以蟪蛄的方式最為完整，痛快，有效率
微笑或悲歎，一次便是一生
時間形同炊煙
飛過籬笆便是夕陽中的浮塵

41

一臉儼然
時間是僅次於上帝的恩寵
對如此的神諭我點頭不迭
而且把自己倒掛起來，輕輕一抖
剛發芽的夢便如銅錢般滾落一地

42

一個繭是一篇序？或是結論？
莊姓書生笑而不答
適時隔牆飛過來一隻蛺蝶
啊哈！
骷髏中又開出了一朵妖豔的鮮花

43

有人在信封中塞進一片凋殘的花瓣
說是為了
增添一些語言以外的東西
已然失落但並不想找回的東西
掉在地上擊出火花的東西

44

俯下身子尋找
他在暗香浮動中看到一滴血
血跡中一個啜泣的幽魂
這時月色曖昧
星群全盲

45

鑰匙試過所有的豪門巨宅
就是找不到一個合身的鎖孔
拔出來自然容易
而再要插回去——
鎖孔已然銹死，而且

46

裡面早已無人。不住於相（金剛經）
有沒有鎖孔並不重要，我們
何需找回甚麼因為並沒有甚麼失落
除了風中的明天
除了從牆上相框裡走失的童年

47

其實我是一個寬容的鎖孔
甘願對任何鑰匙開放
請輕輕插入，徐徐推進
不要怕觸及那淫晦的內心
我的貞潔也在裡面，藏得更深

48

百代過客，有沒有住店的？
一個腳印消滅了另一個腳印
而躲在我們體內的蛀蟲
開始向靈魂一節節地鑽進
伺機蠢動

49

李白三千丈的白髮
已漸漸還原為等長的情愁
時鐘走了很遠
到達永恆的距離
卻未見縮短

50

好累啊
秒針追逐分針
分針追逐時間
時間追逐一個巨大的寂滅
半夜，一隻老鼠踢翻了堂屋的油燈

51

我一氣之下把時鐘拆成一堆零件
血肉模糊，一股時間的腥味
噓！你可曾聽到
皮膚底下仍響著
零星的滴答

52

於是我再狠狠踩上幾腳
不動了，好像真的死了
一隻蒼鷹在上空盤旋
而時間俯身向我
且躲進我的骨頭裡繼續滴答，滴答……

瓶中書札之四：致諸神

「上帝之國」絕不是一個人可以期盼的，
它沒有昨天，也沒有明天，
在一千年內它也不會降臨。
它是內心的一種體驗，
它無所不在，但又不在任何地方。

——尼采

1

去夏的蟬
叫出漫天的濃霧
繼而又紛紛灑落成
晚秋的落葉
神啊，這時你在那裡？

霧裡的鴿子闖進盲者的眼睛
我閒閒地端起酒杯，看著
一把古劍穿越歷史
最後飛入一堆廢鐵
神啊！這時你在那裡？

落葉累次躍起渴望重返枝頭的企圖失敗之後
石頭日趨沉默

而
牆上的鐘擺不停地抛棄自己
神啊，這時你在那裡？

紙片在水裡忘了骨頭
船在岸上忘了釘子
魚在餐盤中
忘了刀與砧板的共謀
神啊！這時你在那裡？

洪水滔滔
風雨以絞鏈勒死這個城市
方舟在水渦中急遽地打轉
諾亞抱著自己的屍體登岸而去
神啊，這時你在那裡？

頭和腳換了位置
人和地下的一窩蛇換了位置
地震之夜，大雨和淚換了位置
群鬼亂舞，嘯聲四起
神啊，這時你在那裡？

以色列的子彈
一路哭著走進巴勒斯坦的大地
雙方的天空同時皮開肉綻
耶路撒冷下了一場黑雪
神啊，這時你在那裡？

我被時間日夜追緝
躲入書本中又給一群聖人嚇了出來
大家短命我又何苦霸佔肉身不放
日曆每天都要叫一聲痛

神啊！這時你在那裡？

一隻小鳥撞上高空的飛機
藍天的臉驟然變色
而風箏獨步的領空
流星與雁群都紛紛讓路
神啊，這時你在那裡？

聖經中的石頭紛紛投向
那淫婦齷齪的頭顱
禁慾主義的暴力
砸得荷花躲進汙泥大呼我主慈悲
神啊，這時你在那裡？

2

我知道你在那裡
在蟬鳴
　蟬鳴的寂靜中
在濃霧
　濃霧的空茫中
在晚秋的落葉
　落葉孤寒的魂魄中
在鴿子
　鴿子翅膀釋出的和善中
在盲者的雙目
　盲者雙目炯炯逼人的光芒中
在酒杯
　酒杯風平浪靜的淚水中
在古劍

古劍失去英雄和馬的悲歎中
在歷史
歷史一覺醒來的喃喃自語中
在廢鐵
廢鐵從爐火中站起來的錚錚而鳴中
在石頭
石頭被雞蛋撞出的火花中
在一堵牆
一堵牆的嘿嘿無言中
在鐘擺
鐘擺把時間切割得哼哼唧唧中
在紙片
紙片製成鈔票培養細菌的悔憾中
在水
水究竟載舟或覆舟的遲疑中
在骨頭

骨頭對皮肉的思念中
在船
船與一群抹香鯨的共舞中
在岸
岸與岸的瞠目對峙中
在釘子
釘子深入掌心後的呻吟中
在一尾魚
魚的冷血的沸騰中
在餐盤
餐盤碎裂後的沉默中
在刀子
刀子放下卻無人成佛的追悔中
在砧板
砧板與一塊肉的激辯中
在洪水

洪水漲到胸口的狂笑中
在風雨
風雨生信心卻讓一池魚苗流失的困境中
在絞鏈
絞鏈與脖子的恩怨中
在城市
城市慾望怪獸的吼叫中
在方舟
方舟迷航的焦慮中
在諾亞
諾亞入水後雙手的揮舞中
在水渦
水渦絕望的旋轉中
在屍體
屍體在輪迴途中尋找靈魂的顛簸中
在頭顱

頭顱的搖擺中
在腳
腳的蹣跚中
在人
人與影子的追逐中
在地層下
地層下所有生殖器的蠢動中
在一窩蛇
一窩蛇擁著一團冷冷的夢取暖中
在地震
地震情慾突發時的顫抖中
在大雨和淚
大雨和淚的鹹腥的糾纏中
在星群
星群滑入銀河的驚呼中
在嘯聲

嘯聲震得壁上的夜色紛紛而落中
在以色列的子彈
以色列子彈盲目的飛行中
在巴勒斯坦的大地
巴勒斯坦大地的驚怖中
在天空
天空被閃電撕裂的怒吼中
在耶路撒冷
耶路撒冷野蠻的鐘聲中
在黑雪
黑雪如何變白的深思中
在時間
時間骰子的滾動中
在書本
書本安靜的睡眠中
在聖人

聖人面對千年空白的獨語中
在肉體
肉體與肉體撞擊出的火花中
在日曆
日曆被撕毀時的桀笑中
在永恆
永恆遇到蜉蝣時的尷尬中
在一隻小鳥
小鳥的歌唱中
在一架飛機
飛機與地球扭鬥時的狂嘯中
在藍天
藍天的開懷大笑中
在一幅臉
臉在被拉下面具時的掙扎中
在風箏

風箏突然斷了線的歡呼中
在聖經
聖經裡跑出一群耗子的驚愕中
在石塊
石塊見到一隻鸚鵡的吶吶中
在淫婦
淫婦太多額外支出的蒼白中
在禁慾主義
禁慾主義的慾火暗燒中
在暴力
暴力在街頭碰到甘地時的苦笑中
在荷花
荷花淫蕩的笑聲中
在汙泥
汙泥純真的擁抱中

神啊，我知道你在那裡
在並不存在
卻又無所不在
遙不可及而又
隨手可觸的
萬物的
深不可測的幽微處

3

神啊，其實我知道你也藏在
　我的頭髮裡，以及
頭髮衝冠時的憤怒中
　我的額角上，以及
額角被一盆月光沖洗後的光澤中
　我的鼻子裡，以及

鼻子的布爾喬亞的淡淡的憂鬱中
　　我的老人斑上，以及
老人斑邂逅青春痘的錯愕中
　　我的鬍鬚上，以及
鬍鬚被視為一種性徵的偷笑中
　　我的眉毛上，以及
眉毛的飛翔中
　　我的牙齒上，以及
牙齒的動搖中
　　我的舌頭上，以及
舌頭長出蓮花時的興奮中
　　我的手心裡，以及
手心熔化一噸鋼的嗤嗤聲中
　　我的腳板上，以及
腳板與馬路的斤斤計較中
　　我的皮膚上，以及

皮膚被翻過來再抹上鹽的恐怖中
　我的毛孔裡，以及
毛孔吸進了太多謠言的噩夢中
　我的肌肉裡，以及
肌肉脂肪過度燃燒的憂慮中
　我的血管裡，以及
血管游進了一條黃河鯉魚的詫異中
　我的骨頭裡，以及
骨肉斷裂鏗鏘有聲的驕傲中
　我的魂魄裡，以及
魂魄面前聳立一座蜃樓的迷惘中

神啊，我知道你在那裡
在我的皮囊之外
骨髓之內
躲躲閃閃於我

影子的左右
冷
一塊寒玉的硬度
和貞潔
一顆在烈火中煉了千年的
黑水晶的心

4

天地不仁
以萬物為芻狗
老子有沒有冤枉你
從一座座歷史的廢墟裡
鏡子裡，都可找到答案
那陰晴不定的眼神
宛如一條斑斕的花蛇

逼視著
那顆鮮紅而羞澀的蘋果
吃，還是不吃呢？
終於我們被迫
做了一次近乎愚蠢的抉擇
於是便有了
「人為婦人所生
日子短少
多有患難」的結論①
其實我更愛吃桃子
我愛桃子裡面熟透了的
帶點四月曖昧的
意淫味的
悲涼的
汁
感謝你曾允許我

選擇一種有品味的表述方式
大聲咳嗽之後便有了
一種傾向
一種可能
一種終將與你背道而馳的主張
我吹起前進的號角
催促一雙靴子走過盈尺的雪地
一腳深，一腳淺
一腳虛，一腳實
一腳超現實
一腳言不及義的老鴉啼叫
一腳我
一腳非我
一腳未知
一腳滴水不沾便登上了彼岸
我的血裡

有著太多的你的能源
與一罐糖和螞蟻
我無意背叛你
而你不仁你視我為芻狗為
穢土破磚殘瓦薊草廢紙糞
便為腥膻四溢的死魚貪婪的
蚊蚋為陰溝的老
鼠為卵子怨恨而予遺棄
的保險套　　又如何！
但我並非萬物
我是千樹櫻桃中的一顆
我是萬物中的一
獨立於
你眷顧你掌控你威逼之外的
一個由鋼筋水泥支撐的
個體。也許你可以

用雙腳（像噩夢一樣）踐踏我將黎明的胸口
月亮正要沉落
我的一隻公雞
正要啼出一頓豐盛的早餐
我胸口的那把鑰匙
卻不許你拿去開啟我那神祕的意象
還有，那些
含有清新薄荷味的詞語，和
那製作精巧的暗喻，和
觸目驚心的標題
世界突然在一個簡單的句子裡亮了起來
這時我才發現
我的神通和狂妄都不輸於你
草率的七天，粗俗的世界
你的每項工程都留有不少缺陷
紅塵中除了灰便是煙

天國之旅步步驚險
你看，摩西走得好快
讓後面的隊伍全部滅頂於兇猛的紅海
海嘯，地震，龍捲風，水災，森林大火
蝨子，梅毒，罌粟，猜忌，慾望，權力
天地不仁，我早就知道你會反撲
世界末日
早就在麻將桌上劈哩啪啦傳開
無所得，無所失
萬物之滅不過是形式的轉換
死亡只是鄰室的鼾聲這個問題不大
問題是如何擺脫諸魔的糾纏
脫離六道輪迴的苦境
我當然也需要救贖
你下次降臨時
拜託請為我多帶一份ＤＮＡ

一個可以使我再生的基因細胞
你看我又活了
仍是萬物之一
一堆不朽的有機碳水化合物
一個無限小
也無限大的宇宙
但我仍需要救贖
尤其先得餵飽那空癟的靈魂
並喚醒躲在天堂貪睡的基督
我不必從書本中找到信仰
不必從讀經，祈禱，聲淚俱下中
找到愛
你看他們那張嘴
滿口假牙的嘴
福馬林氣味很濃的嘴
神啊，我需要救贖

我一直癱軟在你手中的
傷亡名單上
還有我許多待救的朋友
以及芻狗的
芻狗

注：
①見《聖經・約伯記》十四章

漂木

第四章

向廢墟致敬

般若實相，非一相，非異相，非有相，非非無相，非非有相，非非一相，非非異相，非有無俱相，非一異俱相，離一切相，即一切法。

——《金剛般若波羅蜜經》

1

我低頭向自己內部的深處窺探
果然是那預期的樣子
片瓦無存
只見遠處一隻土撥鼠踮起後腳
向一片廢墟
致敬

2

自那塊磚頭從我胸口移走之後
夢，一個個浮了起來
一條毛蟲從宇宙的黑洞爬出

我忘記是否曾經來過這裡
只知道風不是衣裳，雲不是傘
陽光施捨的祇是一些染髮劑

3

習慣裸睡
衣服是最具包容性的夜
他習慣在黑暗中摟緊灼熱的自己
從石頭裡醒來的那人，發現
他是唯一的裸者，面對他
所有的柑橘立即脫下發皺的皮

4

向裸者致敬
向秋天最甜的那顆石榴致敬
他們除掉衣服

也就除掉了靈魂的柵欄
大街上人群熙攘
都在搜尋一塊石頭，和它的門

5

但我找到的
只是石頭底下的一隻老病的蟋蟀
和牠那聽不清的獨白

而我的獨白
與恰巧路過窗口的落日
的獨白，溫度一致而內容完全不同

6

我的喃喃自語言不及義，甚至
沒有聲音，在我製造的絕對寂靜中
一堵牆突然在腳前倒下

許多人都被迫遠離，都怕
被寂靜中長出的一條毒藤纏住
他們說：我的詩在冷雨中浸泡得太久

7

如果把這些詩句拿去燒
或許你可聽到它們沸騰時動人的節奏
說穿了，就像是

潛意識裡孵出一窩生機勃發的豆芽
據說詩人的不朽
多半建立在一堆荷電的頭皮屑上

8

野芹菜的下午
婦人在斷垣殘瓦下暗泣
她以淚澆活了滿園子的罌粟

這曾是一座燈火輝煌的豪宅
如今鼠輩們昂然列隊穿堂入室
完全無視大門上目光逼人的銅釘

9

成為廢墟之前
他們在煙塵裡已預見一個不可妄測的來世
一夕潰敗如摘斷一棵野芹菜

他們穿著絢麗的夕陽
珍惜著歷代收藏的咳嗽藥和蜘蛛網
他們釋放自己像一股失控的山洪

10

大廳牆上祖父照片的日漸泛黃
絕非偶然
我自己不會黃的，時間說

廢棄的煤油燈，廢棄的太師椅
太師椅上那個還留有前朝膩膩的體溫
牆上的祖父拒絕變黃

11

歷史中的雨天總有幾尾魚跌下來
遍體鱗傷，所幸剛好掉在
那面蛛網上

一個虛懸的夢。蜘蛛一覺醒來
只聞到滿屋子的魚腥味
歷史的碎骨頭散落一地

12

一過照壁，步入廳堂
即碰到一堆燃燒過的舊事
吹開灰燼，蝙蝠飛入冷冷的殘陽

實相無相，非無相
甚麼也不是而牆角的餅乾盒子
早已空了，螞蟻正整隊回家

13

記得大門口有一株高大的楓樹
成為枯木只是昨天的事，有人掃走了
落葉，留下了荒蕪

和被寂寞吵死了的雀鳥。虛無，其本質
帶有煙燻的焦味，接著
一群白蟻傾巢而出

14

樹死了
河水乾了
一雙鞋在井邊睡著了

繼續腐爛
繼續誇大脂肪與革命的矛盾
繼續瘦下去直到樹根露出了白牙

15

繼續向
廢墟表示謙卑而一群蟑螂繼續
在抽屜裡以蒼涼餵養牠們的下一代
化蛹本來就是一種死亡的預習
在最暗最暗的黑中
大道隱去，而非喪亡

16

如說我是伊比鳩魯學派也不盡然
喜歡甜食卻無意
佔有百花中所有的糖和春天

天將降大任於斯人必先如何如何
要我從一桶鮮奶中提煉出一把牛骨梳子
這事多麼令人沮喪

17

我們常從那人滔滔不絕的演講中
發現幾顆粗礪的鵝卵石滾滾而下
大海靠浪花發言

大海靠浪花找到魚的葬地
而他的言說充其量是一堆好看的浪花
卵石中的孤獨，保持著

18

審慎的沉默
言語有時，靜默有時，中間的距離
是水與浪的距離，鹽與鹹的距離

整理頭髮時嘮叨，刷牙時嘮叨
修指甲時嘮叨，褻衣裡面發出玻璃碎裂的響聲
婦人征服了一個早晨，不，是傷害

19

我向最裡面的那間廂房走去，無人
無聲，無有半隻耗子悄悄走過
井的上空吊著一水桶月光

一把提琴從幽渺的夢中回來
不巧，路上遇到
一隻剛從巴哈樂譜中出來的蛀蟲

20

於是琴聲裡紛紛掉下一堆木屑
一整夜，持續著
磨牙

柴可夫斯基的歎息中有著極大的想像空間
其中一隻母雞
正在孵著一段荒煙蔓草的歲月

21

揉皺的晚報裡
荒誕的事件蠕蠕而動
活過今天比蘇格拉底還要幸運

河對岸的晚鐘響了
月落烏啼呱呱而鳴
秋色，一片片從樺樹上飛身而下

22

很快就下雪了，瓦罐向南方傾斜
冷啊！爐火挾飛雪而起
吞噬了百年的榮光，愚昧，以及傷痛

離一切相，即一切法
一部新的文化史將從一撮寒灰中升起
從我們的遺忘中升起

23

被自己擊潰
就再也沒有　向
池邊的倒影道歉的必要

六月驚雷
一個人從廊下經過，匆匆留下
陶瓶猝然炸裂的憂傷

24

我虧欠誰的至今仍未搞清楚
但早就有了償還的意願
我讓陽光全部照射在一張虛脫的床上

使他們醒來
使他們奮起
使他們快樂如一灘爛泥

25

雷雨中藏著大面積的沉默
而後月光窸窸窣窣
穿窗而入

臥室有一面詭譎的鏡子
她，和她面面相覷
顛覆一個男人其實並不怎麼費勁

26

蜂蜜使女人的嘴快速地成熟
快速地氧化
快速地消失如秋雨

她為我留下一盆薰衣草，臨去時
她以用意不明的微笑
恫嚇我

27

晒一本舊書似的
我一無所懼地躺在時間裡
真實的生命

死後才開始計時
除了虛無
肉體各個部位都可參與輪迴

28

可不是，一口木箱
除了釘子
四面的木塊隨時都可以腐朽

想必你們早已發現
我裡面一無所有
未製成箱子以前就是空的

29

你們習慣用千百種方式塑造我
鋸我成塊狀
釘我成方形

虛室生白
真實的我
隱匿在飛揚的木屑中

30

我是木訥的
截我的肢體從不呼痛
黜我的聰明絕不叫屈

離形去智
還我一口箱子的絕對虛空
然後努力忘了自己①

31

忘，乃天地間的混沌
納入小黑盒中的
一卵

忘了物我是非榮辱安危禍福生死
忘了酒壺冰冷的唇
忘了存在的蛆

32

忘了羽翼
我才能回家，抱著地球直飛銀河
忘了流星，忘了

我們在航道上不期而遇的一群天狼
忘了形骸
忘了那些拖著我們往下沉的東西

33

忘了時間
忘了抵達涅槃的複雜過程
忘了離去時掩上房門

忘了被拒絕
還不如忘了夏日的最後一場雨
一隻蜻蜓在荷葉上狠狠滑了一跤

34

牠太在乎自己是一隻蜻蜓
幸好牠不是蝴蝶
幸好牠忘了那個濕淋淋的夢

夢也會失火
醒來已成廢墟
幸好我只是一間空著的屋子

35

道在哪裡？
在螻蟻，在稊稗，在瓦甓，在屎溺
有人說無所不在

其實是在火裡，灰燼裡
在燒焦了的膚髮上
在先人們手掌上永遠化不成蝶的老繭中

36

所以，一座高聳於肉身之上
的塔，是有其必要的
一隻蝸牛爬到
可以看到日落的窗口
便蹲在那裡不動，仔細打量
死亡的高度

37

但慾望高於一切
腸胃的慾望高得嚇人
火更高

而煙
卻穿過火的身軀纏上胳膊繞到頭頂
然後在風中遁形

38

我有著近乎白痴的聰明
緊要關頭
我以為拔掉某個部位的零件

便拔掉了慾望的插鞘
以為在水龍頭下沖洗
骯髒的雙手便會像鴿子般飛起

39

鐘聲急速地衰老
回音，如我掌中飛出的紙鶴
再也無力飛回

峰頂，山鷹盤旋
夕陽貼在一個孤寂英雄的背上美得何其驚心
我卻寧願擁抱一場虛構的雪

40

在一塊遠古的墓碑上
雪鑿的名字已開始融化
時間，坐在那裡一言不發

靜靜等待，聆聽
下一個清明節將給亡靈帶來慰藉的
……雨聲

41

那些歲月，你們最好忘記
開會，靈魂搜查，莫名奇妙的敬畏
城樓上的基督面帶微笑，揮著詭異的手勢

沒有潔白的鹽
你們在積雪中沉沉睡去
我在你們乾淨的體內找不到一隻蛆

42

那是一個失聲的年代
沸騰的水居然悶不作聲
沿途倒了七輛腳踏車

馬路上的警察
向行人擠眉弄眼
一隊跳忠字舞的人越過紅燈而來

43

其實口號不需發聲
就能把一個人震撼成一雙破鞋
張開嘴只為證明裡面的確含有一聲萬歲

一直不停地革命那年很冷
冬夜他從她枯槁的身體上走過
他說多少有點長征的滋味

44

做愛可以
但不能脫下軍裝
《聖經》得擺在離馬桶較遠的地方

一切就緒
就只等手中的木棍發怒
反革命使我想起辣辣的紅燒牛肉麵

45

甚至也使我想起一個籠子
四面都是鐵欄杆而我的肋骨
被擠壓得嘎嘎作響

籠子外面
還有一堵高高的牆
昨天的彈孔躲在今天的標語後面

46

聽說那人死了
好像並沒有死透
大街小巷
他捧著一張遺照在尋找迷失的自己
大家都蹲下來
等他走過

47

然後用一塊濕布
使勁地
擦那地上殘餘的影子

若要顛覆歷史和夢
先得從拔毛開始
一根根地拔

48

在放大鏡下用鑷子仔細地拔
最後，用一塊濕布
把這影子徹底抹去

只留下一個哈欠連天的地球
留下一片廢墟
坐落在夢與醒之間

49

至此，我不禁懷念起那多慾之島
南方的陽光如虎
我因過度親暱而險被咬傷

颱風之夜我們被港內一群泡沫的竊竊私語驚醒
被當年遺落在巷子裡
一把生銹的武士刀驚醒

50

惡質的
無所不在的
我不是指嗜血的兇器

毒素的
有著刺青的冶豔和野性
你以為我說的是罌粟？

51

多慾者習於嘮叨
言語是生性激情的硝酸
三言兩語便把你熔成一堆沉默的鐵漿

沉默
是金，是一種在內部造反的病毒
水蛭除了埋頭吸血從不多言

52

槍聲響起
陳進興夥同一粒子彈②
穿牆闖入巍峨的市政大廈

他一直保持興奮
刑前他信了教，受洗後
把屠刀藏在上帝也搜不到的地方

53

貪婪之舟又啟碇了
風雨之夕
航向一條洶湧的濁流

人就是一條大濁流，尼采說
我順著他的手指望去
淡水河上正浮起一枚淫晦的月亮

54

在如煙的歷史中
陳進興和尼采幾乎同時倒下
響起一陣虛空的裂帛之聲

他們消化了死亡
接著又嘔出了一大片
生之荒涼

55

途中我又遇到一群雪樣的女子
不錯，又冷又白
一種對橫蠻女性主義的調侃

她們極愛乾淨
且已習慣鏡子每天對她們說的那些刻薄話
你有沒有聞到她們身上的魚腥味？

56

晚報上的訃聞何其悽惶
看到一個熟人的名字何其親切
聽到他在國會咆哮何其驚愕

喊打的是他
被打的也是他
他朝天吐出一口檳榔，血流滿面

57

然後他們又匆匆趕到公園
仰望一塊碑在暮色中升起
悲情啊，旗子上沾有一大塊紅色

搞不清究竟是誰的血
夕陽無言
拉下一幅寡婦的臉

58

他們繼續騷動
教給媒體又從媒體學到暴力的策略
電視中他們用拳頭怒擊空氣
從落日酒吧走出便怒氣全消
敵人只剩下一個
明日勢將崩盤的股市

59

貪婪之島
有情有義好得叫人想哭的島
海，舉著它的手臂好瘦

滿身瘀青的島
地震威嚴而不失仁慈
脾氣過後賞給我們一卡車的義肢

60

最終我還是選擇了你
一棵瘦長的椰子樹，以及
一個高高懸在月亮旁邊的夢

我在衣服的皺褶裡找到幾隻蝨子
一肚皮猥褻的血
我真不願醒來

61

早晨烤麵包抹一層華麗的牛油
咖啡裡摻了太多謊言而甜得膩人
我驚醒於
政客一篇催人淚下的講演
趁掌聲四起
我搶搭一顆肥皂泡向遠方飄去

62

我忍不住又要向廢墟致敬
向無答案尋求答案
其實我來主要是為了感恩

感謝給我時間，給我修短合度的一生
且容我向蜉蝣，草履蟲，牛糞蟲以及一切卑微的
與神性共存的生物致敬

63

容我向海中的太陽
太陽中的鹽
鹽堆積起來的真實或虛構的城邦
還有傷心的碼頭
碼頭上帶有鹹味的空洞的澎湃之聲，以及
體態豐腴而言詞閃爍的泡沫　致敬

64

向荒瘠而低垂的頭顱致敬
向無時不在審問一幅臉的鏡子
向蟑螂獨家的存在哲學

以及一切由瞬間的滄桑
孵出來的
永恆之卵　致敬

65

向魚尾紋致敬
向舌頭，味蕾，胃潰瘍致敬
向恥骨，恥骨中的

情慾之火致敬，向衛生紙
和衛生紙嚴密包裝的精蟲們致敬
向《聖經》

66

和《聖經》裡那隻飽食終日滿腹神諭的
蠹蟲致敬
向床致敬，向午夜一場盛宴致敬

肉體是一絕對價值
你必然會聽到情勢一發不可收拾時的
嚷嚷

67

向凡人之夢致敬，也向
遊走於世界地圖各個角落的
英雄之慾望致敬

向痴人之淚致敬，也向
暴風雨中心一顆微溫的胚胎
和寒夜油燈最後的一滴淚致敬

68

向雪人的淚致敬
正因為它毫無理由流淚而把自己哭得一無所有
去年的雪

移交給今年依然一無所有
向無淚的，懸於枯枝
拒絕被秋風逼入火爐的葉子　致敬

69

向窮人致敬
他們從霧裡走來
他們摸著一塊塊墓碑往前走

向飢餓致敬
他們落下的頭髮
比長出的稻粱多得多

70

我來
主要是向時間致敬
它使我自覺地存在自覺地消亡
我很滿意我井裡滴水不剩的現狀
即使淪為廢墟
也不會顛覆我那溫馴的夢

注：
①見莊子《大宗師》，顏回曰：「墮肢體，黜聰明，離形去智，同於大通，此謂坐忘。」
②一九九八年，台灣悍匪陳進興等綁架影視界名人白冰冰之女，並慘加撕票，追捕期間又殺害多人，曾轟動一時，伏法前據說曾在監獄悔過信教。

《漂木》創作記事

本記事是根據我的日記從二〇〇〇年一月十三日開始。

二〇〇〇年一月十三日

近日開始醞釀一首長詩，預計三千行左右，最初定名為《漂靈》，嫌其飄忽空洞，後改為《漂木》。首先，想得最多的是語言策略問題。

多年來，我一直想寫一首長詩，史詩，但是屬於精神層次的，把自己的生命體驗和美學思考做一次總結性的形而上建構，而不是西洋那種敘述英雄事蹟的epic。荷馬的《伊利亞德》，但丁的《神曲》，密爾頓的《失樂園》，都在萬行以上，這得多少東西來填，故而只好拿《聖經》中的故事來衍義，來詮釋，其豐富的象徵含意固然使其成為西洋文學經典的基礎，可是史詩的敘述語言，其張力也顯然相對地削弱。語言的鬆弛，疲軟無力，是詩人一種最嚴重的敗德，然而以我的情況來說，要我再走意象繁複，語言艱澀，而象徵和暗示性特強像《石室之死亡》那樣的老路，我又心有不甘。於是，《漂木》的語言策略問題便使我陷於極度的矛盾。三千行的詩，要求行行皆詩，行行都是精妙的意象，這是不可能的，也無此必要。李商隱的〈錦瑟〉一詩，通篇幾乎都有一連串精美的意象構成，尤其是「莊生曉夢迷蝴蝶，望帝春心託杜鵑，滄海月明珠有淚，藍田日暖玉生煙」這二聯，其幽微玄妙的想像空間，其語言密度之大，真不愧為古典七律詩中的精品，但最後不得不以「此情可待成追憶，只是當時已惘然」這種非詩的散文語句結尾，致使繃得太緊的意象語言得以鬆了一口氣，而整首詩的血氣也就大為順暢。這是我寫詩幾十年以來所體悟到的「語言的覺醒」。另外我還有一個想法：

小詩求其空靈妙悟，重語言而不重意義，長詩求其知性的深度，重意義而不重語言。其實我並不想放鬆對語言的品管。

一月十五日

今日開始擬定寫作內容大綱。《漂木》擬分四章，第一章：漂木，第二章：鮭魚之死，第三章：瓶中的基督，第四章：向廢墟致敬。第三章又分為四節：（一）致母親，（二）致詩人，（三）致時間，（四）致基督。

這只是《漂木》結構的芻型，綱目的名稱日後也許有所修改。

一月十六日——十九日

《漂木》醞釀中。

一月廿日

夜大雪。晨起早餐時從窗口看到天地間皚皚一片，後院積雪厚達數吋。上午九時獨上雪樓（我的書齋名），開始寫下第一章〈漂木〉的第一行：

沒有任何時刻比現在更為嚴肅。

這時我有點失神：究竟是我要寫的這塊木頭現在正面臨一個嚴肅時刻，或我當時寫作時的心情是嚴肅的？我真說不清楚。今天完成二十五行，有點「暖身」的味道。

上午郵差踏雪而至，收到隱地寄來他的新詩集《生命曠野》，其中附有我的一篇代序。另又收到西安詩人沈奇寄來一首和我的詩：〈我那顆千禧年的頭顱〉。

一月廿一日

北美的冬天天亮較遲，八點半房間仍是黑的，賴到九點半才起床。上午續寫

《漂木》，得詩三十行。

一月廿二日

今日週末。雪已消，上午與瘂弦夫婦，搭曹小莉車赴住在Chilliwalk，擁有一座小型藍莓果園的彭冊之教授家訪。車上一直在想昨天寫的詩。

一月廿五日

續寫《漂木》，上午得詩三十四行，下午無詩。負手站在雪樓窗口眺望，滿目都是光禿禿的樹枝，天地一片沉寂。

一月廿七日

整天未說一句話。寂寞好像會咬人。心情不佳，僅得詩十餘行。

一月廿八日

晚七時與瓊芳同赴位於溫哥華市中心的「精藝軒」畫廊的開幕酒會。平時少應酬，今日出門看看畫，見見朋友，亦不失為一種調劑。

一月卅日

今日得詩四十餘行。晚上「加華藝術家協會」會長胡玲達女士，「精藝軒」主持人鄭勝天先生等來訪。

二月四日

今日農曆除夕，來加拿大後這是第四個除夕。上午續寫《漂木》，雖僅得詩二十餘行，但自覺不乏精彩之句，如：

一顆血紅的太陽落向城市的心臟
擲地
濺起一陣陣銅聲

晚上有客來家過年，下午瓊芳在廚房忙著，我被指派鋪桌及整理杯盤，忙完回到書房想繼續寫詩，可苦思甚久，一時再也找不回那種感覺。

二月六日

今日下午在我家舉辦新年的第一次「雪樓小集」，這個文學活動每月一次，已連續辦了三年，這次到了十五人，主要節目是新年團拜，也有人要我講講創作長詩的情形，我說剛開始，無可奉告。晚上聚餐後的節目有猜謎和摸獎。

二月十日

近患感冒，咳得厲害，服用各種中西成藥均不見效。在嗆咳中續寫《漂木》，今日完成二十二行。

二月十三日

近日為接待台北友人陳建邦先生全家來溫哥華旅遊，暫停長詩寫作。他們已於昨日返回台北，今發來傳真，除致謝接待外，並為我介紹台北霍克國際藝術公司，他說如我樂意，霍克願為我辦一場頗具規模的書法展覽，並出版一部精美的《洛夫書藝選集》。

二月十五日

數日前，張默轉來將由蕭蕭主編，爾雅出版的《世紀詩選》邀稿信，自今日起開始《世紀詩選：洛夫》的編選工作，《漂木》寫作暫停。

二月廿日

《世紀詩選：洛夫》之編選工作完成，下午郵寄台北爾雅出版社，同時發一信給西安的沈奇，請他為此詩選寫序。郵件寄出後心情大為輕鬆，靈感驟發，續寫長詩三十餘行。

二月廿五日

晨起發現培養了一年的君子蘭綻開兩朵大花，高華燦爛，火紅灼人，美極了。今日得詩三十餘行。

三月一日

《一代詩魔洛夫》作者，浙江詩人評論家龍彼德來信索字，我為他寫了一幅行草條幅，內容為莊子語：「獨與天地精神往來而不傲倪於萬物。」全力投入《漂木》的寫作以來，已兩個月未拿毛筆了。

三月四日

未吃早餐便進入書房，昨夜枕上想到一些殘句，上午勉強湊成一些意象，卻不甚滿意。繼續醞釀，到了下午，突然想到結構上的一個新點子：即一行詩上下有兩個句子，中間以一個圈（。）區隔，通常上一句是名詞，或一客觀意象，下一句則為一完整的語句，例如：「地瓜。靜寂中成熟的深層結構」，上下兩句看來互不搭調，但似乎又有某種意義上的聯繫。就意象而言，猶如一幅幅浮世繪，背後的形象看似錯亂，卻又給人十分真切的感受，這是對令人驚悸的現實所做的嚴肅而含蓄的批判。

這樣的句法一共寫了四十行，這是前所未有的獨創手法，它的美學意義是：一行詩中上下有兩個不同甚至矛盾的意象，不僅可產生強烈的語言張力，同時也會引發豐富的暗示含意。

三月六日

今日無詩。

台北梅丁滿先生對我的書法情有獨鍾，他為了布置新居，特來「雪樓」選購大篆對聯與行草橫披多幅。

三月八日

今日無詩。

上午收列山東濟南市作家協會副主席（詩人）郭廓先生來信，說已收到我的詩集《雪落無聲》，並表示願在明年九月間為我舉辦書法個展和詩歌座談及朗誦會。

三月十二日

今日星期天，豔陽普照，社區的櫻花開得十分熱鬧，風過處，滿地落花繽紛，煞是好看。在書房中我有飛出去的衝動，如此美好季節，反而寫不出詩來，整天只得兩個短句。

三月十八日

今日台灣選舉第十任總統，為免於政治干擾，我決心一個禮拜之內不看報紙電視，但詩思依然滯澀。下午氣溫降低，外出散步時還得穿上大衣，寒風吹來，溫城無處不飛花，卻沒有一瓣是詩。

三月廿一日

上午續寫《漂木》。這塊木頭漸漸漂到了中國的上海，開始腦子裡的形象很模糊，但愈寫愈清晰，為了表現對大陸現實的批判，再次採用那種一行中上下兩個矛盾意象並存的表現手法。此外，後面還用了一段大陸的順口溜，這種以俗文字入詩，也算是一種突破吧！

三月廿二日——卅日

這幾天客廳裡的君子蘭與繡球花漸趨凋謝，春天的腳步正悄悄遠離。略予計算，〈漂木〉這一章已寫了四百多行。

四月十日

第一章〈漂木〉已脫稿，共得詩六百二十三行，這已超過了我以往所寫長詩的行數。

四月十二日

今日開始寫第二章，原題為〈鮭魚之死〉，嫌其力度不夠，斟酌再三，改為〈鮭，垂死的逼視〉。鮭魚是一種神奇而品質崇高的動物，是生性剛毅而又能安於天命的悲劇英雄，而我要寫的更是牠那種天涯過客的漂泊精神，和牠對死亡的安靜的接受，所以此章的前面引用《石室之死亡》的第十一首。

今天得詩二十五行。

四月十三日——十九日

這個星期內，摒擋了寫作之外的一切活動，早餐後便自閉於書房，有時瓊芳送來熱茶或水果都未察覺。寫詩最要緊的是集中思慮，凝神之際，靈感也就源源而來，這使我想起劉勰在《文心雕龍》中說的話：「文之思也，其神遠矣，故寂然凝慮，思接千載，悄然動容，視通萬里……故思理之妙，神與物遊。」我寫《漂木》期間，幾乎無時不在「神與物遊」，所謂醞釀功夫，如此而已。

這幾天共得詩一百二十行。

四月廿日

今日收到台北行政院文建會寄來的《作家作品目錄——一九九九年版》，共七大本，由李瑞騰教授等主編。

四月廿三日

近數日續寫〈鮭，垂死的逼視〉。回想起前年赴亞當斯河觀看鮭魚回流時魚屍堆積如山的慘狀，內心猶自顫悸不已，但寫作的靈感並未受阻，也許題材直接與生命有關，反而更能啟動我的形上思考，今上午一口氣寫了五十多行。靈思豐沛時不容打擾，故囑老妻這幾天不要叫我接電話，足不出戶，應酬全免。

四月廿七日——卅日

高水平文學與人文雜誌《傾向》的主編貝嶺由美國波士頓返回北京老家，途經溫哥華時在「雪樓」小住數日。我開車陪他旅遊，訪友，寫詩暫停。他對我在晚年創作出一首三千行長詩一事，大為訝異，看了一部分《漂木》的初稿後，為我做了三小時的錄音訪問。

五月六日—十二日

〈鮭，垂死的逼視〉前一節一百三十多行是以接續形式寫的，寫到第二節突然改為每三行一小節，共三十小節，九十行。這種形式的改變並不影響到內在結構，至於這出於一種什麼美學要求，我也搞不清楚。寫到第三、第四節，又恢復了接續形式，遊戲嗎？又不盡然，不過表現一個嚴肅的主題，形式上多些變化未嘗不好。

到今日為止，第一章與第二章的一部分，合計完成了一千三百餘行。

五月十四日

〈鮭，垂死的逼視〉今日完稿。

五月十六日

收到美國洛杉磯《新大陸》詩雙月刊主編陳銘華寄來「新大陸世紀詩獎」應徵稿件數十件，請我擔任決審評委。這次評審的工作量雖不太重，但至少要佔去我三天的寫詩時間。

五月十七日

收到旅居美國科羅拉多的劉再復先生寄來新著《漫步高原》，這是他流放海外後所寫的散文集《漂流手記》第五卷。劉再復睿智而博學，筆下常帶詩意，他寫這批散文的心境與我寫《漂木》的心境極為相同。

五月十八日

今日開始寫第三章〈瓶中的基督〉。此處的「基督」，乃指廣義的宗教，原本以宗教作為這一章的主題，但對宗教的體認自覺淺薄，且嫌這一題材狹隘，擬修正本章的內容，另將母愛、詩神和時間等主題也包含進去，題目也改為〈浮瓶中的手札〉。

每章的開筆最難，今天寫第一節〈瓶中書札之一：致母親〉，僅得詩十五行。

五月十九日

上午提筆續寫「致母親」便覺十分沉重，構思時有點把握不定，陷於一種由猶豫與警惕相互交錯而成的困惑中；因為我曾寫過一首悼亡母的長詩〈血的再版〉，一不小心便難免跌進重複自己的泥淖而不自覺，所以一面寫，一面隨時檢查，看是否有曾已用過的意象與語句。我為這一節定了一個與〈血的再版〉不同的思考方向：〈血的再版〉主要是寫我個人對母親的悼念，而這一節「致母親」則是向普遍性的母愛這個角度開展，前者抒情味濃，富現實感，後者我想朝冷靜，理性，超現實這個路子走。方向既定，寫起來便順手多了。

五月廿四日

這一星期內每天工作六小時，進度時快時慢，好在寫《漂木》時心中不存在任何壓力，時間也很充裕，寫起來輕鬆愉快。今日已完成了「致母親」的初稿，共兩百五十行。

下午收到台北爾雅出版社寄來剛出爐的《世紀詩選：洛夫》兩冊，編印俱佳，唯獨封面寡素，照片太小，與其他選集的封面相較，有著突出的孤寒感。

五月廿五日

晨起氣管發炎，勢如火灼，鼻塞，咳嗽，顯然又一次感冒。上午勉強提筆開始寫第三章第二節〈瓶中書札之二：致詩人〉，僅寫了十幾行便擱筆休息。

五月廿七日

受感冒困擾，詩思滯塞，為了尋覓一兩個恰當的字眼，竟繞室徘徊半個小時，有時踱到窗口看望著院子裡樹上兩隻發情的松鼠在苦苦追逐。午餐時，瓊芳叫了三次才下樓吃飯。今日仍只寫了十來行。

六月一日

感冒鬧了五天，似已痊癒，上午續寫「致詩人」，但寫了十餘行仍感不適，腦子昏昏欲睡。

六月二日

感冒似未完全撤退，鼻水不停地流，偶有咳嗽，勉強寫了四句，改了三次始定稿如下：

> 燃燒之後
> 繼以殘灰
> 酒酣之後
> 繼以輓歌

六月三日

晨起，臥室窗上一片光亮，今天肯定是一個豔陽高照的晴天，心情甚佳。今天寫波特萊爾，上午一口氣寫了三十多行，得意的句子有：

> 霧，一種靈性的灰塵。

六月七日

應邀參加明年四月在香港舉辦的「溫哥華書法家聯展」，書寫內容統一為《論語》，我寫了四件行草條幅。

六月九日

提供詩作八首寄台北辛鬱，參加由他，白靈，焦桐合編的《九十年代詩選》。

六月十二日

長詩《漂木》的創作日趨正常，最近每天都可得詩三十多行。今天農歷五月十一日，是我七十二歲生日，上午續寫「致詩人」，以李白，杜甫，王維三人為對象，得詩五十七行，是近月來寫詩最多的一天。

晚間，老妻為我設生日家宴，邀請好友六人來家晚餐。

六月十四日

清晨天空晴朗，萬里無雲，起床後與瓊芳在社區內散步觀花四十分鐘，早餐後又到後院為半個月前種植的四季豆，苦瓜，辣椒澆水。九時進入書房寫稿，這次寫的是德國詩人里爾克，與法國詩人梵樂希的詩觀，採用一種「以詩論詩」的方式，故難免有概念的鋪陳，在語法上顯然有些散文傾向，可能不合某些讀者胃口。

六月廿一日

上午政治評論家鄭海麟教授來訪，並帶來一位大陸作家楊先生，談了些有關兩岸發展現狀的話。客人離去後續寫「致詩人」，得詩四十餘行。

六月廿四日

美國漢學家陶忘機（John Balcom）今來信索取書法，以裝飾他新搬的書房，且指定要《石室之死亡》第一首。下午寫好後即投郵寄他。今日無詩。

六月卅日

〈瓶中書札之二：致詩人〉昨已脫稿，共四百八十行。

今日開始寫〈瓶中書札之三：致時間〉。為了求得一個無礙的心靈空間與完整的時間，以便在十天內完成這一節的初稿，勢必要推辭一切應酬與外出活動，全神投入。由於「致時間」這一節擬採用每五行一小節的形式，開始寫得很慢，今日僅得兩小節十行。

七月二日

今日星期天，從早陰雨不停，由書房向窗外望去，附近不見人跡，天地岑寂無聲，彷彿時間已經凝結。站在窗口看雨，內心空空落落，寫了十幾行便擱筆了。

七月五日

今日放晴，早晨氣溫攝氏十五度，在後院白楊樹蔭下做太極十八式體操，上午心情暢快，靈感豐沛，續寫了「致時間」，得詩六節三十行。午寐一小時後再上雪樓，又完成四節，今日共得十節五十行，成績可觀。

七月七日

今日「致時間」一節脫稿，共得詩五十二小節，二百六十行。為了謀求每一小節的意象獨立，同時又要求整體的內在結構趨於統一而不致散漫無章，故這一節寫來頗為費神，不過整首詩的密度甚高，象徵的涵意也很豐富。

到目前為止，《漂木》共完成了一千九百九十二行。我的創作心態漸入佳境。

七月十日

今日續寫《漂木》，按原定進度，本應接寫〈瓶中書札之四：致諸神〉，但總覺得這一主題相當抽象，屬形而上範疇，更需培養一種靈性的體會，用腦子苦思是難以成詩的，因此決定挪到最後去寫，先寫第四章〈向廢墟致敬〉。其實這個標題是挪用曾在聯副發表過的一首小詩的題名，同時也把這首六行小詩改裝成這一章的第一小節，而這首小詩從此不再獨立存在。

七月十一日—十六日

本週集中精力，強化鬥志，開始向最後一章〈向廢墟致敬〉宣戰。這一章的主旨是文化批判，心靈懺悔。近廿年來，中國大陸力行改革開放，工商業發展神速，民間財富增加，生活水平大為提升，但相對的由於貧富差距懸殊而導致價值觀的紊亂，享樂文化與貪瀆文化大為猖獗，而台灣由於族群對立，政局不穩，人們急功近利，對前途失去信心，致低俗的地攤文化和投機的股市文化極為盛行。兩岸中國人的精神都日趨墮落，我們心中原有的道德律與價值觀也都崩潰殆盡，以致我們的心靈成為廢墟，一部分人漂流海外，絕大多數仍在腐爛。

這個星期共得詩一百五十多行，寫得痛快，但也痛苦，因為反思必須清醒的面對現實，不過我寫的是詩，主要還是對意象思維的處理。

七月十七日

莫凡與媳婦攜兩歲大的長孫莫玄首次來溫哥華探望我與瓊芳，這幾天我勢將挪出部分時間開車帶他們四處遊覽及購物。

七月十八日

早晨在社區內散步時，腦中不時閃爍著詩的零碎意象，但能抓住且處理成詩的並不多。下午續寫〈向廢墟致敬〉，得詩四十八行。

台北何創時書法藝術基金會今來電話，邀請我提供書法作品參加今年他們主辦的「七夕情詩情書大展」，我以行草寫了一幅舊作〈因為風的緣故〉的橫披，連同照片數幀一併寄往該基金會。

七月廿四日

因兒子媳婦來訪，長詩的寫作暫時擱置。盡量找時間整理《漂木》前三章的初稿，一邊清稿，一邊修改。

七月廿五日

上午由朋友開車，瓊芳陪莫凡一家去Harrison溫泉玩，我留在家裡繼續騰寫〈鮭，垂死的逼視〉一章。這章因醞釀較久，寫時筆下順暢，修改之處不多。

七月廿六日——卅一日

繼續清稿及修改〈瓶中書札之一：致母親〉。為了避免這一節與舊作〈血的再版——悼亡母〉一詩中意象的重複，故清稿時特別用心，發現偶有近似舊作中的意象或句子，都得重新處理。

八月一日

台北女詩人尹玲教授攜女兒來溫哥華度假，在雪樓小住數日，因需開車陪她遊覽，寫作暫停。

八月七日—十一日

繼續清稿並修改〈瓶中書札之二：致詩人〉及〈瓶中書札之三：致時間〉兩節，有時為修改一兩個句子得折騰半天，改稿比寫稿還難。

八月十二日

旅居美國鳳凰城的作家少君來溫，將在雪樓做客五日，他這次來訪主要是搜集資料撰寫《洛夫研究》的博士論文。他已向福建師範大學中文系申請攻讀博士學位獲准，計劃在三年內完成博士論文。

為歡迎少君，下午舉行八月份的「雪樓小集」，到有小集同仁十四人。晚上聚餐，照例每人自帶一菜，瓊芳則供應熱湯，美酒與水果，杯酒交歡中，少君大談網路文學。

八月十四日

也許由於《漂木》創作期間心理壓力頗大，近來發現血壓稍稍偏高，遵家庭醫生建議，今起每日服藥半顆。

八月十七日—廿八日

這十天全力進行對《漂木》作第二次修改。

八月廿九日

香港《文學世紀》雜誌主編（小說家）顏純鈎來訪，我將長詩中的一節〈瓶中書札之三：致時間〉（共二百五十五行）交他發表。

九月三日—十八日

三日下午偕瓊芳搭乘華航班機返抵台北，停留四天，於八日復搭華航經香港轉機飛桂林，參加為期六天的「第五屆國際華文詩人筆會」。我任此次會議的執行副主席。十四日大會結束，在傅天虹連繫之下，柳州市文聯邀請我夫婦，許世旭，青夫婦，潘郁琦等前往柳州市訪問，並參觀柳宗元紀念館。十八日搭機返台。

九月十九日—廿九日

十天旅台期間，曾與台北詩壇老友暢敘多次，他們得知我正在寫一首三千行的長詩，頗為關心，其中辛鬱與簡政珍二位對《漂木》的創作曾提供若干甚具參考價值的意見。

九月卅日

中午請楊樹清吃蒙古烤肉。他告知《自由時報》副刊有意將《漂木》全詩發表，並立即約請該報副刊主編蔡素芬（名小說家）女士前來餐廳面談。蔡很快趕來，開始討論發表的細節，並決定從二〇〇一年的元旦開始連載，預計兩個半月刊完。這是一次近乎神奇的機緣。在日報上連載新詩，這不僅是報業史上的創舉，更是當代商業文化的一次顛覆。

十月五日

下午與瓊芳搭乘華航返回溫哥華雪樓。回家後即看到江西詩人程維的來信，其中有一段話讀來令人鼓舞：

衡量一個民族語種高度發展的標準是詩歌，而長詩更是一個民族語言大廈的支柱。一種語言真正優秀之處應該由長詩來作完整的體現。長詩對於一個語種的重要性不是其他藝術形式所能取代的。

程君所言甚是，只是最初我並沒有這麼大的企圖。

十月六日——十日

這幾天因時差作怪，生活秩序大亂，每天淩晨三點即醒，輾轉不能再睡，只好進入書房繼續修改「致時間」一節。這次手術較大，其中第十七小節至二十一小節都是「向……致敬」的句法，全都擲到第四章〈向廢墟致敬〉，留下的空白則需另寫新句填補，不僅如此，而且把整節詩從頭到尾做了一次新的調整。

十月十二日

據電視新聞報導：法籍華裔作家高行健獲今年諾貝爾文學獎，兩岸及海外的中國人為之轟動，溫哥華城市電視台與廣播電台，《神州時報》等均來電話採訪我。其實我對高行健其人和文學都不太熟，談得既不深刻，也不全面。

十月十三日——廿五日

與蔡素芬約定十一月底交稿的日期逐漸逼近，故這段期間盡量排除生活上的干擾，傾全力續寫〈向廢墟致敬〉，有時清晨動筆，有時寫到深夜，但大部分時間是站在書房窗下凝神構思，最近心力交瘁，十分疲憊，梳洗時發現白髮脫落了不少。最費神的工程是如何將挪自「致時間」一節中的五小節不落痕跡地，移花接木般融入這一章中，結果發現做得尚稱滿意。

十一月一日

今日完成了第四章〈向廢墟致敬〉最後一節，共得詩七十節，每節六行，共四百二十行。

我得運運氣，準備最後寫〈瓶中書札之四：致諸神〉一節的衝刺。

十一月六日

休息了幾天，今起開始寫「致諸神」，這一節要寫的是我的泛宗教觀。為了尋找我的「神」，為了體認我的生命意識與宗教情懷之間的關係，以便求得更高層次心靈的醒悟，我書桌上擺了一部《新約聖經》，一部附有白話譯文的《金剛般若波羅蜜經》，和一部翻譯的《上帝的真相》，其實我也只是隨意翻翻，看能不能碰出一點點詩的火花。

十一月七日

續寫「致諸神」，得詩三十行。

十一月十日

續寫「致諸神」，得詩二十八行。收到香港顏純鉤寄來本月出版的《文學世紀》第八期，內載有修改前的〈瓶中書札之三：致時間〉。這是長詩《漂木》其中一部分首次與讀者見面。

十一月十六日

下午完成了〈致諸神〉的初稿，共三百五十行。

寫這一節開始不知如何下手，苦思再三，決定先從結構和表現手法上設想，譬如前兩段採用一種問答式的結構，後面一段的回答正是前一段提問詩句的詮釋，好壞不說，這種手法卻是獨創的。

到今日為止，《漂木》全詩的清稿已告完成，共得詩三千零九十二行。

十一月十七日—廿七日

這期間閉關雪樓，全身投入《漂木》全詩的第三次修改。有些地方牽一髮而動全身，改起來甚為傷神，比創作還難還慢。

十一月廿八日

《漂木》全稿整理完畢，今日託一位朋友帶返台灣投郵寄給《自由時報》副刊主編蔡素芬。

二〇〇一年元月一日

今日為新世紀的第一天，長詩《漂木》在台北《自由時報》副刊正式登場，逐日連載，頭兩天都以全版刊出，除詩外，另有蔡主編作的〈漂泊的，天涯美學——洛夫訪談〉，〈洛夫小傳〉，〈洛夫詩集繫年（書目）〉，以及一篇簡政珍的簡評〈在空境的蒼穹眺望永恆的向度〉。①

同一天，《世界日報》北美版發表了記者王廣滇的特稿，標題為：「詩魔洛夫新世紀獻長詩」，副題：「《漂木》長達三千行，創中國現代詩史紀錄。」

最後聲明一點：《漂木》在將近一年的創作期間，對我督促最殷勤，關懷最深切，照顧最辛勞的是妻子瓊芳，特以此詩獻給她，以誌永念。

注：

①本文後修訂更名為〈意象「離心」的向心力——論洛夫的長詩《漂木》〉。

飆升在新高度上的輝煌
——喜讀洛夫的長詩《漂木》

龍彼德

提起「詩魔」洛夫，不能不讓人聯想起他那首共分六十四節、每一節十行的長詩《石室之死亡》。正如張漢良所說的，「就結構的龐大、氣勢的恢宏，與主題的嚴肅而言，它都可以算是一部突出的作品；而其意象的複雜與懾人，在中國現代詩壇上，更是獨樹一幟的。唯其詩質密度過大，內容時而晦澀，也頗遭人非議」。[①]洛夫因《石室之死亡》而聞名於世，他對該詩的問題也早有認識。一九八六年，他曾許下全面改寫的宏願，打算在盡量保留原作的內涵和氣氛的前提下，將過於密集的意象重做疏落有致的安排，將累贅的長句改短，或將原有的一行截為兩行，以求節奏的舒緩。當時他的重點是調整結構，使詩思的發展方向趨於穩定，甚至不惜犧牲原有的張力，在兩個意象之間添加一些散文句法，以加強詩的傳達效果。洛夫花了三天時間，改完了第一節，然而發現並不理想，便毅然終止了改寫的想法和行動。

新千年伊始，筆者從《自由副刊》讀到了連載二月有餘的洛夫新作長詩《漂木》——在高度商業化的社會以一張報紙副刊發表這樣規模的長詩且連載這樣長的時間，這本身就是一大有意義的創舉——不禁喜從中來，急著要對洛夫說一句：「你十四年前許下的宏願，終於在今天實現了！」

與《石室之死亡》相較，無論結構的龐大、氣勢的恢宏，抑或是主題的嚴肅、形式的新穎，《漂木》都是有過之而無不及的。全詩共分四章一四三節（或者說得準確點，是二二長節、一二一短節，最長節二一五行，最短節五行）二九五七行——如加上引詩、引文與注釋為三千行——是《石室之死亡》的四點七倍。詩中，不僅有「漂木」（這是該詩的主旋律），還有「鮭」（且放在「死亡的逼視」上）、「浮瓶」（通過浮瓶中的四封書札，分別表達了母愛、詩心、時間與神性，這是十分高明、十分巧妙的）與「廢墟」（向廢墟「致敬」別有意味）；不僅有東方的儒、道、佛，還有西方的哲學、宗教與藝術；不僅有艾略特所強調的歷史意識，還有洛夫自己一貫主張的批判精神……。總之，比較全面、生動地概括了人類的文明，可謂「大視野，大場面，大境界，大手筆」。

令我驚喜的，還是這首長詩的語言。如：「在油鍋的嗤嗤聲中／我們烤焦的頭顱突然想起水的溫柔」；「我們習慣在砧板上／展示一種無奈的宿命的溫馴」；「搖籃中我兒子被一頭白髮追趕得不斷換尿布／祖母的微笑帶有濃濃的樟腦味」；「鐘聲急速地衰老／回音，如我掌中飛出的紙鶴／再也無力飛回」……。讀著這些極富張力的詩句，我立即想起《石室之死亡》中的奇句：「光在中央，蝙蝠將路燈吃了一層又一層」；「凡容器都已備妥，只等你一聲輕噓／果汁便從我的雙目中滔滔而下」；「飲太陽以全裸的瞳孔／我們的舌尖試探不出自己體內的冷暖」；「把夜摺成你所喜悅的那種款式／且望著你脫光肌膚伏在睡眠上／亦如雪片覆在潔白上」……。儘管它們都已「擺脫邏輯與理則的約束」[2]，超越一般意義上的明喻、隱喻、象徵等修辭格，以直覺思維、即與意象、詞與詞的非理性連接，給人電光石火般的印象；但細加比較，便可發現：《漂木》不如《石室之死亡》的比喻龐雜、意象繁複、想像離奇，因此也避免了後者在相當多詩節中的怪誕、晦澀和不可理解。這與後期的洛夫重謀篇、煉意勝過煉字、煉句（同時又不放鬆煉字、煉句，在保證重點的基礎上達到「雙贏」），講究結構藝術，使詩思的發展方向趨於穩定，引入散文句法，以加強詩的傳達效果是分不開的。故而我們可以說《漂木》繼承了《石室之死亡》的優點，又克服了該詩的缺點，這對於一個年逾古稀的老詩人來說，是相當不容易的，也是極為可貴的。

然而，《漂木》的意義並不僅僅在於對夙願、力作的超越，還在於該文本為詩壇提供的新鮮經驗。筆者認為，有以下三項：

其一，個人化與人類性的統一。

個人化是詩的形體，人類性是詩的靈魂；個人不能離開人類而獨立，人類必須通過個人來體現。二者的統一便構成了詩，統一得愈好則詩愈好。

「長詩《漂木》的創作是基於兩項因素：一是近年我一直在思考的『天涯美學』，

一是我自身二度流放的孤獨經驗。」③這是洛夫的夫子自道，也是上述理論的有力證明。所謂「二度流放」，是指早年從大陸到台灣，晚年由台灣移民溫哥華，這漂泊的經驗使他認識到，「本質上每一位詩人都是一個精神的流浪者」。《漂木》即是從個人出發，「只想寫出海外華人漂泊心靈深處的孤寂與悲涼，並在一個適當的距離內，從一較客觀的視角，對當代大中國的文化與現實的困境做出冷肅的批評」。請看這樣的詩句：「漂泊是風，是雲／是清苦的霜與雪／是慘淡的白與荒涼的黑」；「醫院最近。教堂最遠／殯儀館最近。上帝最遠」；「非去皮／不足以言赤誠，非殺戮／不足以成佛，非貪婪／不足以從粉身碎骨中找回自己的一小撮磷」……。沒有切身的體驗，是根本寫不出來的。所謂「天涯美學」，「一是悲劇意識，可以說是個人悲劇經驗與民族悲劇精神的融合，二是宇宙境界，漂泊心態通常具有超越時空的傾向，漂泊者在大失落大寂寞之中最能體認到人和大自然的和諧關係，人在天涯之外，心在六合之內，詩人便成為宇宙的遊客。」如「我們只剩下傷口／一種久久不癒的絕望／末日／或許正是另一場暴風雨的開始」；「一隻山鷹／從胸臆間飛起如魑魅山魈／啣一根野草，思接千載／飲一杓冷泉，視通萬里」；「於是，我從一面裂鏡中醒來／俯耳地面，聽到／黎明前太陽破土而出的轟鳴」……。類似的意象，在長詩中屢見不鮮，俯拾皆是。由於洛夫不迴避自己的個性，同時又不拘囿於自己的個性，注意使一己的情思與經驗帶有更多的共性與普遍性，他的小我便擴充為大我，他的苦樂就折射出人類的苦樂，他的憎愛也是人類的憎愛。

其二，形而下與形而上的融匯。

《易・繫辭上》曰：「形而上者謂之道；形而下者謂之器。」朱熹解釋：「形而上者無形無影，是此理；形而下者有情有狀，是此器。」（《朱子語類》）王夫之認為：「形而上者隱也，形而下者顯也。」（《中庸章句》）有人指出朱、王二人的見解相反，筆者則以為此二人的理解相成，恰好全面地說清了形而下與形而上的特點與關係。這與西方的「知覺感性化」、象徵主義的「契合論」、艾略特為了表現特定的情感而尋找「客觀對應物」的情況是相通的，都是主張人生哲理、生命感悟、宗教情懷與特定事物、情景、事件的融匯，亦即道與器的結合。

長詩《漂木》，反映了洛夫對存在的思考，他的形而上思維是與形而下呈現緊密聯繫在一起的。「漂木」、「鮭」、「浮瓶」與「廢墟」……都是體現他的人生哲理、生命感悟、宗教情懷的「客觀對應物」。「一根先驗的木頭／由此岸浮到彼岸／持續不斷地搜尋那／銅質的／神性的聲音／持續以雪水澆頭／以極度清醒的／超越訓詁學的方式／尋找一種只有自己可以聽懂的語言／埋在心的最深處／原鄉」，這是無根狀態，家園情結；「我們成群地追趕／一種全身荒寒的／稱之為死亡的東西／而身後／好像有許多黑影跟蹤／卻沒有一個叫上帝」，既表現了漂泊精神，也探討了愛與死亡。「其實，選擇或被選擇／又何異於地窖裡的一罈酒／甜也喝光／苦也喝光／最後把酒罈擲向牆壁／粉身碎骨的是陶片／叫痛的是牆壁」，一種生命的無常，也是一種宿命的無奈；「神啊，我知道你在那裡／我的皮囊之外／骨髓之內／躲躲閃閃於我／影子的左右／冷／一塊寒玉的硬／和貞潔／一顆在烈火中煉了千年的／黑水晶的心」，好一個泛神論，與天人合一的宗教觀！「成為廢墟之前／他們在煙塵裡已預見一個不可妄測的來世／一夕潰敗如摘斷一棵野芹菜／他們穿著絢麗的夕陽／珍惜著歷代收藏的咳嗽藥和蜘蛛網／他們釋放自己像一股失控的山洪」，因漂泊、不變而導致文明衰頹，淪為廢墟，並提出質疑與抗議……。正是這些有情有狀又明顯優美的「形而下」，才襯托出洛夫無形無影又若現若隱的「形而上」，而二者的相互滲透、水乳交融，則構成了作品的人文品味與藝術魅力。如果要說不足的話，那就是「漂木」的總題尚不足以概括「鮭」、「浮瓶」與「廢墟」。

其三，多方面與多手法的運用。

現代詩發展到今天，曾經誓不兩立、爭論不休的許多問題都得到了統一。例如：強調「橫的移植」的國際化，主張「縱的繼承」的民族化，重視「鄉土情懷」的本土化，它們之間的界線已呈模糊與取消之勢。儘管這三方面都很重要，但單獨拎出來哪一方面都有片面性，只有組合在一起才能克服各自的局限，才能容得下一個詩人的內在視野與外在區域。而在藝術技巧上，只有多種手法的運用，才能打破單調與重複，達到創造、創新之目的。歷史已經證明並將繼續證明，善於集大成的詩人方有望成為領一代風騷的詩人。

在長詩《漂木》中，筆者高興地看到了上述的組合與運用。「木頭，與天涯的魚群、海鷗、水藻／同時心跳／從它們同一頻率的呼吸中／隱隱聽到深沉的／大海子宮內晚潮的湧動」，使人想到藍波的《醉舟》。「一塊孤立的岩石／矗立在海濱墓園的中央／他醒在／比海更深的夢裡」，使人憶起瓦雷里（詩中譯作梵樂希）的《海濱墓園》。「以色列的子彈／一路哭著走進巴勒斯坦的大地／雙方的天空同時皮開肉綻／耶路撒冷下了一場黑雪／神啊這時你在那裡？」可以看到里爾克的影響；對西方哲學家如蘇格拉底、尼采、海德格爾乃至伊比鳩魯學派的引用，隨處可見……，洛夫的「移植」，是他多年來吸取西方之長以供自我創造的結果。而屈原的懷思、李白的浪漫、杜甫的沉鬱、李賀的怪誕、王維的恬淡，更深深地融化在他的血液中，諸如「書本外只是一杯寂寞的咖啡」（「零落淒遲一杯酒」），「玻璃碎裂的聲音如銅山之崩」（「義和敲日玻璃聲」）一類由古典詩詞演化而來的詩句，多次出現，有的章、節乾脆嵌入了古詩詞或文，如「繁枝容易紛紛落／嫩葉商量細細開」（杜甫詩句）、「乘槎／浮於海」（孔子語）等，儒家學說、道家思想、儒家經典的入詩，更是普遍。尤其是第三章第四節「天地不仁／以萬物為芻狗／老子有沒有冤枉你／從一座座歷史的廢墟裡／鏡子裡，都可找到答案」，寫得相當精采。……洛夫的「繼承」，是以創新為主導而進行的脫胎換骨的過程。至於「鄉土情懷」，主要表現在對當代大中國的文化與現實的困境所做出的批判中，前面已有論述，在此不再展開。由於著眼點也是創造、創新，因而能與「移植」的國際化、「繼承」的本土化完美地組合在一起。

在藝術技巧上，《漂木》運用的手法之多，堪稱洛夫作品之最。有象徵，如「而且我們一直活在一面巨大的鏡子裡／在每天晨光的折射中／都可看到一位水淋淋的基督慢慢走來」；有暗示，如「秉燭夜遊正由於對黑暗的不信任／忘了羽翼／我才能回家，抱著地球直飛銀河」；有俚俗，如「海誓山盟可笑得像額上那塊多餘的贅肉／排卵：混沌初開／射精：乾坤始定」；有妙語，如「而果子，甜就甜在那必然的傷痛／必然的潰爛」；有反諷，如「做愛可以／但不能脫下軍裝／語錄得擺在離馬桶較遠的地方」。有現實主義，如「喊打的是他／被打的也是他／他朝天吐出一口檳榔，血流滿面」；也有超現實主義，如「從石頭裡醒來的那人發現／他是唯一的裸者，面對他／所有的柑橘立刻脫下發皺的皮」；有現代主義，如「夢也會失火／醒來已成廢墟／幸好我只是一間空著的房子」，以及上述象徵、暗示、荒誕、反諷諸例；也有後現代，如「在如煙的歷史中／陳進興和尼采幾乎同時倒下／響起一陣虛空的裂帛之聲」，這是拼貼，「洪水滔滔／風雨以絞鏈勒死這個城市／方舟在水渦中急遽地打轉／諾亞抱著自己的屍體登岸而去」，這是解構，還有報導、寓言、鑲嵌等等……。除此而外，洛夫這首長詩的句型、句式以及形式上的創造也是相當突出的，如「跟著險灘走／跟著海潮的驚呼走／跟著把歲月踩得嘎吱嘎吱的鞋子走」；「肉身化了／還有骨骼／骨骼化了／還有磷質／磷質化了／還有一朵幽幽的不滅之光」；「茫茫然，你在雲端貓著／空空然，我在天涯貓著」；「致諸神」中一連十個「神啊！這時你在那裡？」一連六十二個「在……」；〈向廢墟致敬〉中一連十二個「忘了……」一連二十四個「向……致敬」，排句與疊句加強了詩的音樂性。是不是可以這樣說：長詩《漂木》，是洛夫一生的總結，是他集古今中外之大成的精品，也是當代詩壇的重要收穫。

一九九六年四月，洛夫偕妻移民加拿大，定居溫哥華時，筆者曾表達過這樣的願望：希望聽到他寧靜下的喧囂，看到他蟄伏後的晚潮。沒料到，只過了短短的四年，洛夫就捧出了這樣沉甸甸的作品，這絕對是他又上了一個新台階的標幟，是他飆升在新高度上的輝煌！繼續歌唱吧，詩人，你的聲音正激動世界。

注：

①引自張漢良〈論洛夫近期風格的演變〉。
②引自洛夫〈詩人之鏡——《石室之死亡》自序〉。
③引自洛夫〈關於《漂木》〉。

漂泊與晚期抒情

陳芳明

放逐（émigré）有兩種，一是屬於空間，一是屬於時間。從自己的故鄉或國家出走，遠去他鄉，離群索居，在心靈上陷於絕對孤高。而時間的放逐，則是生命被驅趕到年老狀態，遙望青春年華的遠逝，有著莫名悲傷。地理上的漂泊感，在一定程度上，等於是精神上的流亡（mental exile）。遠離故土的命運，往往是受到政治權力的支配，內心含有無限悲愴。但是，有些流亡並非來自被迫，而是出自主觀意願，選擇自我流亡（self exile）。無論是放逐或流亡，常常改變了個人的生命軌跡，進入某種程度的辯證思維。當生命從固定環境抽離出來，彷彿找到一個疏離的位置重新回望。從他鄉眺望故鄉，好像是在觀察前生。許多感情雜質獲得過濾之後，可以更清楚辨識曾經有過的生命經驗。

一九九六年移民加拿大的洛夫，就是出於自我流亡的抉擇。歷經抗日戰爭，國共內戰，金門砲戰，越南戰爭的詩人，年居七十之際遠走北美。四年後，跨入新世紀之初，他完成三千行的長詩《漂木》。置放在現代詩人行列中，這部作品的誕生，可謂奇蹟。老之將至的黃昏，詩人決心離家出走，必然有其微言大義。

全詩始於一塊漂流的木頭，卻帶出累積一生的記憶與感覺。詩人化身為浮游的流木，隨著時間漂泊，試探不同階段的水溫，也不斷回望。漸行漸遠，記憶反而越清晰。與最初的故土距離益加遙遠，他更看清楚自己的命運脈絡。因為他已經從熟悉的環境脫離出來，站在一個更高的位置瞭望整個生命，任何的巨浪與微波已經可以辨識得相當明白。

《漂木》可以說集合了洛夫畢生的創作精華，經過各種歷程的試煉，終於鑄成龐沛博大的作品。因為是晚期之作，早年曾經穿越的失敗經驗，他已經懂得如何避開；曾經完成過的傑出詩行，他也知道如何在那基礎上再度開出新的格局。他所有的詩藝技巧，無論稱之為超現實或是純粹經驗，都可以在這首詩裡發現。如果把這首詩視為他全部生命的精華，亦不為過。從前的論者，常常把他置放在現代主義運動的系譜裡，卻輕易忘記他詩行中具有豐富飽滿的感情。因此，在討論台灣抒情傳統時，洛夫總是受到遺忘。

抒情是甚麼？那是渺小的人類對萬事萬物產生的感發。面對節氣，景象，命運，遭遇的各種狀況，終而無法壓抑內心的情感，遂訴諸一定的平面文學形式，方能歇止。台灣現代詩流變中，如果有所謂的抒情傳統，我們很容易就會發現，洛夫往往被排除在這個行列之外。長期出現於種種爭論裡的洛夫，唯一對他沒有爭辯的是，他是公認的「超現實主義者」，也是被定位為最為晦澀的詩人。他受到最高的尊崇，莫過於「詩魔」這頂封號。彷彿他詩學的最大成就，從來就擅長於鍛鑄文字的魔術技藝。但是，外在的名號與帽子，不免遮蔽了他真實的藝術精神。尤其是他早年的長詩作品《石室之死亡》，為他贏回一個超現實主義的尊稱之後，從此他便被釘在那裡。

長詩的營造，可以顯現一位詩人對藝術結構的掌握。五十行之內的行數，大約是對台灣詩人創作考驗的極限。只要超過五十行，常常使創作者開始出現不穩的跡象。若是超過百行，那就很容易失控。在台灣詩史上，以百行長詩展現氣象而又使人難忘者，真的是屈指可數。余光中的《敲打樂》，楊牧的《林沖夜奔》，瘂弦的《深淵》，洛夫的《石室之死亡》，大約可以並駕齊驅。在這些詩人中，洛夫的長詩經營，尤為翹楚。進入中年後期，還能夠從事長詩的創作，並且維持氣勢不衰者，恐怕只剩下洛夫一人而已。

二十一世紀之初的《漂木》，使台灣的抒情傳統又更上層樓。穿越詩行之間，可以感受他悲愴、傷痛、激情、挫折、失望的種種情緒。全詩共分四章，包括第一章〈漂木〉，第二章〈鮭，垂死的逼視〉，第三章〈浮瓶中的書札〉，第四章〈向廢墟致敬〉。雖然是屬於長詩，但從結構來看卻是組詩，由四種不同的組曲擘造而成。每一章的命名，都可以彰顯遠離故土的心境。如果稱之為悲愴交響曲，也是恰如其分。從內容看，第一章屬於自述，第二章描述加拿大的環境，第三章他與過去的生命對話，第四章則是對自己已逝過去的獨白。一位漂泊者，站在七十歲的時間峰頂，俯望曾經發生的一切，內心感情的湧動當可想像。當他必須藉用氣象磅礴的格局，來容納自己複雜曲折的歷史，一定有他所不能不言者。閱讀之際，也不能不隨著詩人情緒的起伏而感受到靈魂震盪。

如果這是交響曲，第一章顯然就是定音之作。詩人以漂木自喻，顯然已被沖刷到非常偏遠的地方。當他說：

這裡不聞鐘聲
風雨是唯一的語言

鐘聲暗示的是祥和心境，風雨則是不安的外在怒濤。為什麼必須離開鐘聲，而投向風雨？這正是他暗藏的微言大義。遠隔海洋，他瞭望著兩個故鄉，一個是大陸中國，一個是海島台灣，都曾經是養他育他的母土。如今他決心把自己放逐到荒遠的土地，表明這是流亡生涯的起點。他離開台灣那年，正是民選總統誕生的時候。無論是兩國論的主張，或是國會的拳頭，都不再是他的認同。政治激情與悲情，使他無法安身立命。其中有兩行最能暗示他的感覺：

（補網的人和漏網的魚
同一命運，各自表述）

詩人可能就是那尾漏網之魚，終於像漂木那樣隨波逐流。眺望更遠的中國，他的失落變得更加深沉，他用這樣的詩行形容文革的災難：

十年冰雪
一旦解凍小河便一絲不掛
閃著細腰
落花流水送來一群母魚

洛夫仍然保持年輕時期的那種俏皮與反諷，以最簡潔的字句形容巨大的禍亂。所謂一絲不掛，其實是一無所有。所謂一群母魚，其實是暗喻資本主義。他每次出手鑄造的意象，總是聳動聽聞；先是令人錯愕，卻又可以接受。全詩的第一章，無非是謊言已經高過真理，彷彿畢生的追求，終歸落空。孕育他的兩個母土，最後成為他的夢魘。帶給他生命最大的傷害，竟然不是抗日戰爭或國共內戰，更不是金門砲戰或越南戰爭，而是意識形態如癌症那樣蔓延，腐蝕著他的靈魂。當他一息尚存，就有必要像避秦那樣，尋找一方容身的淨土。

第二章他以鮭魚隱喻自己漂泊的命運，在這章最後，他附有一篇短文〈偉大的流浪者——鮭魚生態小史〉，敘述大自然生物從生到死的循環。正如他所形容的，鮭魚是一種神奇的動物，有著可歌可泣的一生。在牠們的體內，具有神祕的磁場，可以探測原生故鄉的方位。縱然出生時順著河流而下，最後投向大海，在巨浪波濤中，逐漸長大成為巨魚。縱浪大海數年之後，鮭魚開始回歸，逆著滔滔海水，朝著故鄉迴游。洛夫看到這悲壯的一幕，而寫下這段話：「牠們一出生即面對一個嚴肅的問題——生與死。」又說：「牠們死得十分壯烈而又心安理得。」就在這裡，洛夫揭開第二章的精神所在。他流浪到北美，其實就是要尋找一個死得安詳的地方。但是，最大的悲劇是鮭魚可以回到故鄉，而詩人卻是選擇他鄉。

整首詩，都是以鮭魚的命運來暗示自己的遭遇。牠們如何遠離昨日，遠離童年，遠離美好的諾言，遠離情愛，遠離那些招惹蛆蟲的慾念：

你們可以用鹽醃我們
用火烤我們
切時間一樣的切成塊狀
割歷史一樣的割成章節
然後裝進一只防腐的鐵罐
扔入深淵

詩中的你們可以指中國，也可以指台灣，他就像鮭魚那樣，在歷史中任人宰割。從詩行深處，隱隱傳出強烈的控訴，原本可以成為歸宿的故鄉，卻因意識形態對決而翻轉成異鄉。鮭魚是從幼苗時期開始朝向大海漂流，但詩人卻在年老時遭到整個大環境放生那樣，被迫遣送到人地生疏的鮭魚國境。這種反諷的對比，似乎有著他無以言宣的抗議。埋藏許久的哀傷，終於在詩的最後完全傾瀉出來：

神在遠方監視，看著我們
把腐敗的肉身
一絲絲分配給每一個子女
吸吮血水就夠了
淚則留給我們自己
我們需要一些鹽，一些鐵
一堆熊熊的火
我們抵達，然後停頓
然後被時間釋放

從空間的流放，獲得時間的釋放，恐怕才是整首詩的寓意所在。鮭魚的肉身可以被切成一塊一塊，被裝進鐵罐，餵養陌生的人類。一個詩人的身體能夠被人分享，無疑就是他以生命凝鑄出來的詩行。他一生的創作經驗，彷彿是穿越不同的水域，終於化成可貴的養分，可供後人咀嚼並反芻。默默的神，停留在遠方俯視，或許是祝福，或許是詛咒，但都在觀察一個生命的完成。第二章埋藏的精神，既有悲嘆，也有悲願，卻足以道盡詩人內心的千言萬語。其中所傳達出來的悲傷，都已經渲染在所有的詩行之外。僅此一點，可以窺見洛夫的晚期抒情是那樣浩瀚，又是那樣無以定義。留下的韻味，不免使人禁不住拭淚。

進入第三章〈浮瓶中的書札〉，是隔著海洋的遠方詩人，傳回的瓶中稿。詩人並非全然絕情，縱然滿腔悲憤，對於他的前生仍有無法割捨的眷戀。與他生命有千絲萬縷關係的情感與思維，他寫成四首長詩，包括「致母親」，「致詩人」，「致時間」，「致諸神」，分別代表著親情、友情、命運與信仰。當他在母親墳前留下輕聲祝禱：

願世人的淚
釀成一壺酒
醉成一尾魚
游成一行詩……

這才是他在遠方所能傳達的誠摯願望。世間氾濫的淚水，如果能昇華成為一壺酒，則所有的悲傷都將還原成蜜汁，所有漂泊的魚也幻化成詩意之美。他複雜的感情，只有在母親之前才能獲得沉澱。也只有博大的母愛，才能協助他到達寬容。

「致詩人」是反覆論詩的一首詩，與他的朋輩檢討種種議題，如孤絕，如死亡，如時間，如禪境。詩中對於詩人的西化現象，有頗多諷諭。對於台灣詩人企圖繼承波特萊爾以降的各種詩派，洛夫顯然有他特別的意見。有些詩人模仿里爾克，有些則偽裝成卡夫卡，這種畸型現象，事實上在一九六〇年代前後極為氾濫。尋找自己的聲音與語言，是戰後台灣詩壇的普遍焦慮。詩壇上曾經有過所謂「偽詩」的說法，在分行藝術上極其神似，卻沒有注入詩人的生命與精神。即使遠在海外，洛夫不僅回顧自己的藝術經驗，他對自己的朋輩還是有非常殷切的期待。「致詩人」的最後幾段，可以說極盡諷刺之能事：

且大言不慚地
宣稱卡夫卡是他表哥
因鄙視死亡
他也選擇變成一條蟲

為苦悶而苦悶，為虛無而虛無，確實是現代主義運動中層出不窮的怪現狀。當創作失落在西方的各種形式與主義時，台灣詩人似乎找不到自己的靈魂。洛夫如下尖銳的詩行，寫得極具批判力道：

關於張力，陌生的語境中
他特別突出某個雄強有力的句子
猶之廣場上
那座雕像作勢欲起的陽具

模仿或諧擬，在後現代美學中是普遍使用的一種技巧。但是在現代主義時期，每位詩人都爭相創造意象乖戾的詩句。就像廣場上的雕像那樣，充滿了肌肉的張力，卻沒有任何活潑生命。

作為詩人，在諸神之前他是被創造的。但詩人開始落筆寫詩時，本身就是一個創造者，「致諸神」，就在於反覆申論詩人與諸神之間的辨證關係。人的力量非常有限，而神的力量則極其無限。以有涯追無涯，顯然是處於不對等的關係，但詩人有他的傲骨，他一旦被神創造之後，就可以藉用自己的意志與智慧，創造另外一個宇宙。洛夫說：

但我並非萬物
我是千樹櫻桃中的一顆
我是萬物中的一
獨立於

你眷顧你掌控你威逼之外的
一個由鋼筋水泥支撐的
個體。

在現代詩人中，洛夫曾經宣稱詩人是為宇宙萬物命名的人。在陳腔濫調的世界裡，詩人有辦法另闢蹊徑，賦予萬物新的意義。他早年的這種思想，到晚年時反而更加清晰明白，而且充滿自信。在某些神祕時刻，詩人可能臣服於諸神的命運安排。但詩人一旦進入下筆如有神的狀態，幾乎可以把平面文字化成呼風喚雨的境界。洛夫並非蔑視神的存在，但他自有崇高的思想，從不低估詩人在創作時的那種神聖。

三千行長詩的最後一章〈向廢墟致敬〉，是由七十首短詩所構成，每首共六行。這種形式對洛夫而言，完全在他創作的掌控之中，遊刃而有餘。他早年的詩集如《外外集》、《西貢詩抄》、《魔歌》，兼具知性與抒情，是他最拿手的絕活。在總結《漂木》這部史詩型的作品時，他以浩浩蕩蕩七十首短詩做為總結，那種氣魄足以睥睨他的朋輩與當代年輕詩人。這章的第一首，不免使人讚歎：

我低頭向自己內部的深處窺探
果然是那預期的樣子

片瓦無存
只見遠處一隻土撥鼠踮起後腳
向一片廢墟
致敬

當詩人漂泊到遙遠的另一個海岸，能夠回顧的都寫在第三章〈浮瓶中的書札〉，他以各種議題回顧自己曾經有過的生命經驗，對親情，友情，以及台灣詩壇，表達他深沉的回憶。所以在最後一章，他寧可總結個人生命的輝煌與黯淡。以廢墟命名，似乎寓有徒然，虛擲，白費，空茫的意味。到達生命的晚期階段，會不會興起強烈的失落感？所以第一首短詩，形容自己「片瓦無存」，似乎帶著反諷的氣味。在一片荒漠的草原上，從地下土層冒出一隻土撥鼠時，無疑是充滿高度的象徵，經過寒冬之後，在北美的草原上，土撥鼠重新回到地面，似乎是在預告春天來臨就在不久。洛夫抓住這個意象，似乎隱隱向世人宣告，這片廢墟其實還是充滿勃勃生機。例如第七首：

如果被這些詩句拿去燒
或許你可聽到它們沸騰時動人的節奏
說穿了，就像是

潛意識裡孵出一窩生機勃發的豆芽
據說詩人的不朽
多半建立在一堆荷電的頭皮屑上

幾乎可以感受詩人到達黃昏時，終究還是帶著傲慢。他們一生也許皓首窮經，也許埋首構築詩句，他們的生命從未虛擲，凡是留下詩行，時間就不會消失，而是點點滴滴累積起來。洛夫擅長使用誇飾法，即使在創作時搔首尋句，頭皮屑還是負載電流。那種生命力，剛好呼應了前面「生機勃發的豆芽」。他刻意暗示，生命從來不是廢墟，在無法知覺或意識的草原角落，處處都爆發著小小的創作能量。被稱為孤絕的詩人洛夫，其實全身布滿了不可屈就的骨頭。最後一首的短詩，他有意為這首長詩作最後的注腳：

我來
主要是向時間致敬
它使我自覺地存在自覺地消亡
我很滿意我井裡滴水不剩的現狀
即使淪為廢墟

表面是溫馴，裡面是傲骨。他以一生的創作向時間致敬，而時間就是生命，就是歷史，就是記憶。直到他要被徹底清理之前，詩人拒絕成為廢墟的一部分。縱然可能淪為廢墟，他懷抱的夢從未消亡。

一九五〇年代的台灣詩壇，有多少創作者直接間接傳遞著何其芳的詩風，瘂弦、洛夫、鄭愁予、林泠、楊牧，在出發之初都受到強弱不同的點撥。何其芳為了配合中共的文藝政策，他終於把自己毀掉，變成一片廢墟。何其芳萬萬沒有想過，早期台灣詩壇竟有那麼多人從他那裡接來火種，但也僅僅是火種而已。稍後的每位詩人，終於能夠渲染氣象，各成一家。到今天，仍然還維持旺盛的創造力，僅剩下洛夫與楊牧。他們兩個人的詩風截然不同，卻都是抒情傳統的重要傳承者。洛夫是被誤解的一位詩人，超現實主義的那頂帽子一直緊追著他。洛夫擅長使用強悍的字句，為的是要表達柔軟的靈魂。他的意象鮮明，氣勢跌宕，反而遮蔽了他的抒情之風。在二〇〇〇年，當他繳出一部三千行的長詩，可以說震撼台灣文壇。《漂木》絕對會不斷引起議論，其中所容納的創作技巧，其實是洛夫各個生命階段的精華之總和。無論他漂流有多遠，無論他年華漸入暮境，他以一塊浮游的木頭自況，宣告他的生生不息。這塊漂木，從北美海岸迴游來到海島，確實帶著強烈控訴，也帶著一身傲骨。載浮載沉的漂木，在台灣上岸時，宣告一個詩人的生命又重新開放。洛夫無法忘情台灣，而台灣也無法忘懷這位詩人。當他向廢墟致敬時，其實也是向草木叢生的台灣致敬。

2014.02.21木柵

——載自《聯合文學雜誌》353期（2014.03）

漂泊的，天涯美學
——洛夫訪談

蔡素芬／採訪

從一九五七年自費出版第一本詩集《靈河》，到《漂木》的完成，經歷了四十三年，而實際上，洛夫二十歲不到即已開始新詩創作，寫詩已逾五十年。不斷地自我突破和嚴格的自我要求，使其詩作屢屢給詩壇帶來驚喜。複雜多變是其一貫的手法，無論文字鍛煉，意象經營，形式風格，或其形上思維的表現，都淋漓如舞，虛實無阻。

一九九六年，洛夫以二度流放的心情移居加拿大，在新的環境裡思索新作，二〇〇〇年，傾全力創作的《漂木》終於告成。這是他個人最長的一部詩作，在晚年完成，除了證明洛夫一輩子對詩的熱情不減，以詩為志外，更打破了作家的力作只在壯年產生的迷思。

與洛夫在台北見面時，他談起這部長詩，從容篤定的神情，說明詩人對這部詩作的完成，其實有著難以掩抑的自信。詩的成就或許留待時間和歷史定論，然而詩人的創作熱力，卻透過自我陳述，迅即地感染我們。

問：您寫詩逾五十年而不輟，堅持寫詩的精神是什麼？

答：我年輕時寫詩純粹是一種興趣，沒有什麼更高的追求，後來與張默、瘂弦辦《創世紀》詩刊時，才開始全心投入，把寫詩當作終身事業來經營。其實寫詩完全是一種沒有任何現實目的與利益回報的，非常之個人的工作，但能堅持數十年，心中必有某種動力和信念在支撐著。尤其今天的詩壇日趨邊緣化，從市場價格觀念來看，詩一直處於貶值狀態，但所幸詩人的信念不衰，我永遠是以價值取向來規劃我的創作生涯。換言之，我認為寫詩不只是一種寫作行為，而更是一種價值的創造，這包括境界的創造，生命內涵的創造，和語言的創造。這個理念正是驅使我孜孜不息，全心投入，而得以建立數十年如一日的信念的基石。

問：您曾有意改寫《石室之死亡》，後來改變主意說道，與其改寫不如另寫一首新的長詩。《漂木》這首長詩不論對時間、生命、歷史的思考，其視野都非常壯闊，對命運的悲劇多有隱喻，是否企圖與《石》詩作前後呼應？《漂木》即您對過去的承諾之作嗎？

答：你倒提醒了我當年的那個心願。《漂木》在精神上雖與《石室之死亡》有相通之處，但在我醞釀這首長詩時並沒有想到要履行當年的承諾。

《漂木》的創作乃基於兩個因素，一是實現我近年一直在思考的「天涯美學」，一是自我二度流放的孤獨經驗。後者姑且不提，所謂「天涯美學」，主要內容為：一，悲劇意識，乃個人悲劇意識與民族悲劇經驗的融合；二，宇宙境界，詩人應具有超越時空的本能，方可成為一個宇宙的遊客。

就整體結構而言，這是一首堂廡龐雜而脈絡清晰的詩，宏觀地表述了我個人的形而上思維，對生命的關照，美學觀念，以及宗教情懷等，這些理念其實早就或顯或隱地出現在我以往的各個作品中，只不過在這首長詩中做了更具體更集中的呈現。《漂木》與《石室之死亡》不同之處在於：第一，《石》詩主要是以超現實主義手法來表現生和死的形而上思考，而《漂木》除了形而上的意象思維外，更透過一些特殊的語境對當代大中國的文化和現實做出冷肅的批判。第二，《漂木》的語言仍力求維持《石》詩中一定的張力與純度，但也盡量不使它陷於過度緊張艱澀的困境。

問：《石》詩的意象晦澀，相較之下，《漂木》的語言、意象有渾然天成的氣勢，除了您刻意避免緊張艱澀外，有沒有特殊的風格經營和語言策略？

答：在這首詩中我仍採用了一些一貫的表現手法，盡可能做到詩性的含蓄與蘊藉。象徵、暗示、超現實等技巧的交互運用，構成了這首詩表面上的洸洋恣肆、語符飛揚，但內在精神卻沉潛得很深的特殊風格。在語言策略上，也有朋友建議應跳出舊思維的窠臼，但我總覺得時不我與，際此暮年再也沒有顛覆自己，在思維和寫作習慣上重起爐灶的本錢，我無意搞後現代主義，詩人追求的是永恆，而不是流行。當然，我仍大力追求語言的原創性，調整語言的習慣用法，把語言從街坊商場等公共場所的流行語境中解救出來，使詩的聲音成為生命的原音，語言不再是符號或載體，而是生命的呼吸與脈搏。

問：您剛才提到二度流放的孤獨經驗是您寫《漂木》的另一原因，那麼《漂木》創作內容與您的流放經驗，相關處如何？

答：這首詩最初的構想只想寫出海外華人漂泊心靈深處的孤寂和悲涼，但後來一面寫一面調整了發展的方向，而逐漸轉為對生命全方位的探索。當時我想，如以數千行的長度，只為鋪陳某個單一主題，顯然是一件極度困難而詩的品質也無法有效管制的工作，因此我決定採用分章分節的處理方式。本詩共分四章：第一章〈漂木〉，即直接地表現了這首詩的主旋律，亦即本詩的最初構想。第二章

〈鮭，死亡的逼視〉，既表現了鮭魚這種天涯過客的漂泊精神，也探討了愛、死亡和生存的虛妄等問題。第三章〈浮瓶中的書札〉又分四節，透過瓶中的四封信（致母親、致詩人、致時間、致諸神），分別表達了母愛、個人的詩觀、宗教觀和對時間奧祕的揭破。第四章〈向廢墟致敬〉，這一章表面看似與主題無關，卻是針對因漂泊而導致精神不安，使人類整體文化趨於衰頹，甚至淪為廢墟，而提出質疑與批判。

問：《漂木》之中多處呈現了生之荒涼，但也不掩對生命悲憫之情，您對於自己生存於這個時代有什麼想法？

答：《漂木》最後定稿之前，我做過三次以上的校正與修改，讀完最後一遍，我突然有所驚悟：這麼長的一首詩，其主要內容，竟可歸納為這麼一句簡單的命題：「生命的無常和宿命的無奈。」我這一生都在戰亂中度過，經歷過中日戰爭、國共內戰、金門砲戰和越戰，這些苦難經驗都已化為苦澀的意象，一一出現在《石室之死亡》與《西貢詩抄》之中。晚年自我流放異域，孤獨中有時不免會回過頭來窺視一下此生走過的足印，才真正體味到您所說的「生之荒涼」的況味，因此這幾年的詩中充滿了秋意和雪景，但我畢竟稍具慧根，往事已無跡可尋，正如蘇東坡所謂：「泥上偶然留指爪，鴻飛那復計東西？」所以近年的小詩中就多了點禪味。

我目前沒有信奉任何有形式的宗教。我出身於一基督教家庭，甚至受過兩次洗，但日後我對任何徒具儀式的宗教都表懷疑，卻又總覺得心中住有一個神。書桌上經常擺著一部《金剛般若波羅蜜經》，偶爾翻翻，但求心靈感應，不求理解。我知道，表現存在的悲劇，語言顯得多麼蒼白無力，可是我還是認為，在現有的藝術形式中，唯有詩稍堪勝任。

問：這首詩號稱三千多行，在新詩史上罕見，您花了多少時間完成？

答：開始起意想寫這首詩應是五年前的事，但實際醞釀和寫作只有十一個多月。

問：與過去的作品比較，您對晚年寫出的這首《漂木》，在個人的創作歷程上將給予它什麼樣的定位？

答：四十年前寫的《石室之死亡》和四十年後寫的《漂木》，對我個人而言都具有里程碑的意義。《漂木》創作之初，絲毫沒有考慮讀者是否會接受，有沒有機會出版，而能在報紙上連載更是作夢也沒有想到的事，未來歷史的評價只好交給時間了。有此一說：詩人住在隔壁往往是一個笑話，只有在歷史中才會偉大。問題是天下詩人多如牛毛，又有幾人可以進入歷史呢？我在中年以後，漸漸有人稱「大師」、「大詩人」，聽來不免臉紅，總希望能寫出更多的好詩和大作品，方無愧於這些尊稱。我想，這首《漂木》的問世或許能稍稍彌補這些愧怍。

問：寫長詩的困難在哪裡？

答：有人認為台灣的現代詩成就非凡，但缺少長的史詩，故整體上看來不夠豪闊豐富。我在大陸和台灣也看到過所謂的「萬行」長詩，但那只有史和政治而無詩，思想貧乏，語言鬆散，一味嘮叨的敘述，看不到表現手法。其實超過一千行以上的詩是很難處理的，它必須具備三大要素：第一，須具有以宏觀的視角綜覽世界的本能。第二，為了突顯主題，必須經營一個強而有力的結構。第三是語言問題，短詩通常只需靈性的語言，只要靈感驟發便可一揮而就，而長詩則需要一種表現冷靜而理性的審視與批判所需的智慧性語言，不過在個別的句構上仍得重視它的原創性和張力。

問：國內的長詩作品不多，以您主編詩刊及創作的經驗，認為問題在哪裡？

答：長詩不是人人可寫，也並非每個詩人都得寫長詩，七〇年代的台灣詩壇曾出現一些數百行的長詩，以後就極為罕見，我想其中原因除了較少詩人具有掌握一首長詩的能力之外，更由於需要長詩的文化背景與社會因素大為減少，換言之，讀者要的是短小輕薄的作品，而重工業型的作品，不論是長詩或長篇小說都很難打進市場。我寫長詩完全是另一次探險。

洛夫書目（一九五七～二〇一八）

壹、詩集

《靈河》一九五七年十二月，台北：創世紀詩社。一九五八年七月獲台灣「中國新詩聯誼會」贈予之最佳創作獎。

《石室之死亡》一九六五年一月，台北：創世紀詩社。

《外外集》一九六七年八月，台北：創世紀詩社。

《無岸之河》一九七〇年三月，台北：大林出版社。一九七九年十月，台北：大林出版社重新排版發行。一九八六年十月，台北：水牛出版社。

《魔歌》一九七四年十二月，台北：中外文學月刊社。一九八一年六月，台北：

蓬萊出版社。

《眾荷喧嘩》一九七六年五月，新竹：楓城出版社。

《時間之傷》一九八一年六月，台北：時報文化出版公司。一九八二年獲中山文藝創作獎。

《釀酒的石頭》一九八三年十月，台北：九歌出版社。其中〈血的再版——悼亡母詩〉，於一九八二年獲台灣中國時報文學推薦獎。一九八四年四月三版。

《因為風的緣故——洛夫詩選（一九五五～一九八七）》一九八八年六月，台北：九歌出版社。為洛夫三十二年來的總選集。

《愛的辯證——洛夫選集》非馬選，一九八八年九月，香港：文藝風出版社。

《詩魔之歌——洛夫詩作分類選》一九九〇年二月，廣州：花城出版社。

《月光房子》一九九〇年三月，台北：九歌出版社。一九九一年三月獲國家文藝獎。

《天使的涅槃》一九九〇年四月，台北：尚書文化出版社。

《葬我於雪》一九九二年二月，北京：中國友誼出版公司。

《洛夫詩選》任洪淵主編，一九九三年三月，北京：中國友誼出版公司。

《隱題詩》一九九三年三月，台北：爾雅出版社。

《我的獸》杜國清主編，一九九三年五月，北京：中國文聯出版公司。

《夢的圖解》一九九三年八月，台北：書林出版公司。由舊作選編而成。

《石室之死亡》（英譯本）陶忘機譯，一九九四年十月，美國舊金山：道朗出版社（Taoran Press）出版。

《雪崩——洛夫詩選》一九九四年一月，台北：書林出版公司。由舊作選編而成。

《洛夫小詩選》一九九八年十一月，台北：小報文化公司。

《雪落無聲》一九九九年六月，台北：爾雅出版社。

《形而上的遊戲》一九九九年九月，台北：駱駝出版社。

《洛夫精品》一九九九年九月，北京：人民文學出版社。

《魔歌》（書法詩集典藏版）一九九九年十一月，台北：探索文化公司。

《洛夫・世紀詩選》二〇〇〇年五月，台北：爾雅出版社。

《漂木》二〇〇一年八月，台北：聯合文學出版社。二〇〇四年十二月，台北：聯合文學出版社。二〇〇六年九月，北京：國際文化出版公司，出版簡體中文版。二〇〇七年五月，Brookline, MA:Zephyr Press出版英譯本，陶忘機教授翻譯。

《洛夫短詩選——中英對照》葉維廉、陶忘機譯，（*Selectel Verses by Lo Fu*）

二〇〇一年八月，香港：銀河出版社。

《洛夫禪詩》二〇〇三年五月，台北：天使學園網路公司。

《洛夫詩鈔》二〇〇三年八月，台北：未來書城。

《因為風的緣故》二〇〇五年八月，台北：聯經出版事業公司。

《雨想說的》二〇〇六年十月，廣州：花城出版社。

《背向大海》二〇〇七年七月，台北：爾雅出版社。

《洛夫集》丁旭輝編，二〇〇九年七月，台南：國立台灣文學館。

《DROBEC IZ NAPLAYLN IN DRUGE, Lo Fu》維拉多（Vlado Sestan）譯，二〇一〇年十一月，Ljubljana Kud, Apokalipsa。洛夫詩選洛維尼亞文譯本。

《煙之外》二〇一〇年十二月，南京：鳳凰出版傳媒集團、江蘇文藝出版社。

《禪魔共舞：洛夫禪詩・超現實精品選》二〇一一年十月，台北：釀文化。

《禪の味：洛夫詩集》松浦恆雄譯，二〇一一年十二月，東京：思潮社。

《Stone Cell》陶忘機譯，二〇一二年八月，Brookline, MA:Zephyr Press，本書為洛夫詩選英譯本。

《洛夫詩選》二〇一二年九月，北京：九州出版社。

《如此歲月：洛夫詩選（一九八八～二〇一二）》二〇一三年六月，台北：九歌出版社。

《唐詩解構：洛夫的唐韻新鑄藝術》二〇一四年九月，台北：遠景出版社。
《漂木》（精裝典藏版）二〇一四年十二月，台北：聯合文學出版社。
《石室之死亡》二〇一六年十一月，台北：聯合文學出版社。
《昨日之蛇：洛夫動物詩集》二〇一八年一月，台北：遠景出版社。

貳、散文集

《一朵午荷》一九七九年七月，台北：九歌出版社。
《洛夫隨筆》一九八五年十月，台北：九歌出版社。
《一朵午荷——洛夫散文選》一九九〇年十月，上海：上海文藝出版社。
《落葉在火中沉思》一九九八年六月，台北：爾雅出版社。
《洛夫小品選》一九九八年十一月，台北：小報文化公司。
《雪樓隨筆》二〇〇〇年十月，台北：探索文化公司。
《雪樓小品》二〇〇六年八月，台北：三民書局。

參、合集

《洛夫自選集》一九七五年五月，台北：黎明文化公司。

《洛夫詩歌全集》（一套四卷）二〇〇九年四月，台北：普音文化公司。

《給晚霞命名》二〇〇九年五月，香港：明報月刊出版社。

《大河的潛流》二〇一〇年十二月，南京：鳳凰出版傳媒集團、江蘇文藝出版社。

《洛夫詩全集》（上、下卷）二〇一三年九月，南京：鳳凰出版傳媒集團、江蘇文藝出版社。

肆、評論集

《詩人之鏡》一九六九年五月，高雄：大業書店。

《洛夫詩論選集》一九七七年一月，台北：開源出版公司。一九七八年八月，台南：金川出版社。

《詩的探險》一九七九年六月，台北：黎明文化公司。為一九七七年開源出版社《洛夫詩論選集》易名。

《孤寂中的迴響》一九八一年七月，台北：東大圖書公司。

《詩的邊緣》一九八六年八月，台北：漢光文化公司。

《當代大陸新詩發展的研究》（與張默合著）一九九六年六月，台北：行政院文建會。

伍、譯作集

《第五號屠宰場》（*Slaughter House No.5*）美國當代小說家馮內果（Kurt Vonnegut）著，中譯本，一九七五年六月，台北：星光出版社。

《雨果傳》（*Victor Hugo and His World*）法國作家安德烈・莫洛亞（Andre Maurois）著，本書譯自英文版。一九七五年十二月，台北：志文出版社。

《約翰生傳》（*The Life of Samuel Johnson*）英國傳記作家包斯威爾（James Boswell）著，洛夫與羅珞珈合譯，一九七七年二月，台北：志文出版社。

洛夫譯作另有《季辛吉評傳》、《亞歷山大傳》、《邱吉爾傳》、《心靈小語》、《心靈雋語》等書出版，因與文學無關，不予列載。

陸、洛夫研究集

《石室之死亡及相關重要評論》侯吉諒編，一九八八年六月，台北：漢光文化公司。除原詩外，另附評論十篇。

《詩魔的蛻變——洛夫詩作評論集》蕭蕭主編，一九九一年四月，台北：詩之華出版社。收錄二十四篇，七十餘萬字。

《洛夫論》一九九一年九月，廣州中山大學中文系研究生陝曉明碩士論文，四萬字。

《洛夫與台灣現代詩》（*LO FU And Contemporary Poetry From Taiwan*）一九九三年七月，美國聖魯易士華盛頓大學中國與比較文學研究生John Balcom之博士論文，全書三六四頁。

《洛夫與中國現代詩》暨南大學中文系副教授費勇著，一九九四年二月，台北：三民書局。

《洛夫評傳》龍彼德著，一九九五年六月，南京：南京大學出版社。
《洛夫現代詩研究》一九九六年，台灣師範大學國文研究生潘文祥碩士論文，全書十五萬字。
《一代詩魔洛夫》龍彼德著，一九九八年十一月，台北：小報文化公司。
《洛夫詩的用字及句式特色研究》二〇〇〇年六月，台灣清華大學語言學系研究生林孟萱碩士論文，共一百七十四頁。
《焦慮及反抗——洛夫詩新解》二〇〇二年四月，廣西師範大學中文系研究生向憶秋碩士論文，八萬餘字。
《悲劇的主體價值體驗——洛夫《漂木》詮釋》二〇〇二年八月，台灣彰化師大國文研究生曾貴芬碩士論文，共二三五頁。
《漂泊的奧義——洛夫論》二〇〇三年，福建師範大學中文系研究生少君博士論文，共三四〇頁。
《洛夫：詩，魔，禪》少君、向憶秋合著，二〇〇四年七月，中國文化出版公司。

聯合文叢 582

漂木

作　　者／洛　夫
發 行 人／張寶琴

總 編 輯／周昭翡
主　　編／蕭仁豪
資深美編／戴榮芝
校　　對／洛　夫　李進文　陳惠珍　蕭仁豪
業務部總經理／李文吉
行銷企畫／許家瑋
發行助理／簡聖峰
財 務 部／趙玉瑩　韋秀英
人事行政組／李懷瑩
版權管理／蕭仁豪

法律顧問／理律法律事務所
陳長文律師、蔣大中律師

出 版 者／聯合文學出版社股份有限公司
地　　址／(110)台北市基隆路一段178號10樓
電　　話／(02)27666759轉5107
傳　　真／(02)27567914
郵撥帳號／17623526 聯合文學出版社股份有限公司
登 記 證／行政院新聞局局版台業字第6109號
網　　址／http://unitas.udngroup.com.tw
E-mail:unitas@udngroup.com.tw

印 刷 廠／瑞豐實業股份有限公司
總 經 銷／聯合發行股份有限公司
地　　址／(231)新北市新店區寶橋路235巷6弄6號2樓
電　　話／(02)29178022

出版日期／2001年 8月　初版
2014年12月　二版
2018年 4月2日　二版四刷
定　　價／380元

ISBN 978-986-323-095-3（精裝）

國家圖書館出版品預行編目資料

漂木 / 洛夫作. -- 二版. -- 台北市 : 聯合文學, 2014.12
352面 ；14.8×21公分. -- （聯合文叢；582）

ISBN 978-986-323-095-3 (精裝)

851.486 103022372